Ce roman fait partie de la sélection 2013 du
**Prix du Meilleur Polar
des lecteurs de POINTS !**

De janvier à octobre 2013, un jury composé de 40 lecteurs et de 20 professionnels recevra à domicile 9 romans policiers, thrillers et romans noirs récemment publiés par les éditions Points et votera pour élire le meilleur d'entre eux.

***Les Lieux infidèles*, de l'auteur irlandaise Tana French, a remporté le prix en 2012.**

Pour tout savoir sur les livres sélectionnés, donner votre avis sur ce livre et partager vos coups de cœur avec d'autres passionnés, rendez-vous sur :

www.prixdumeilleurpolar.com

Lauréat du Brian Moore Short Award en 1998, l'Irlandais Sam Millar est un ancien combattant de l'IRA, qui a purgé vingt ans de prison pour le braquage d'un fourgon. Il écrit comme on se venge, avec urgence, calcul et précision.

DU MÊME AUTEUR

Redemption Factory
Fayard, 2010

On the brinks
Seuil, 2013

Sam Millar

POUSSIÈRE TU SERAS

ROMAN

*Traduit de l'anglais (Irlande)
par Patrick Raynal*

Fayard

TEXTE INTÉGRAL

TITRE ORIGINAL
The Darkness ot the Bones
ÉDITEUR ORIGINAL
Brandon, 2006
© ORIGINAL : Sam Millar, 2006

ISBN 978-2-7578-3028-4
(ISBN 978-2-213-63530-9, 1re publication)

© Librairie Arthème Fayard, 2009, pour la traduction française

Le Code de la propriété intellectuelle interdit les copies ou reproductions destinées à une utilisation collective. Toute représentation ou reproduction intégrale ou partielle faite par quelque procédé que ce soit, sans le consentement de l'auteur ou de ses ayants cause, est illicite et constitue une contrefaçon sanctionnée par les articles L. 335-2 et suivants du Code de la propriété intellectuelle.

*À la famille Millen : Margaret, Marcella et Paul.
Personne ne peut souhaiter avoir meilleurs amis.*

I
Hiver :
sous la surface blanche

> *... le plein cœur de l'hiver.*
> T.S. Eliot, *Le Voyage des mages*

1

La main de Yahvé fut sur moi et, par son esprit, Yahvé me fit sortir et me déposa au milieu de la vallée ; elle était pleine d'ossements. Il me fit passer près d'eux en tous sens et voici qu'ils étaient très nombreux à la surface de la vallée, et voici qu'ils étaient complètement secs. Il me dit : « Fils d'homme, ces ossements peuvent-ils revivre ? »

Ezéchiel 37 : 1-14

Adrian Calvert fit l'horrible découverte à moins d'un mile de chez lui, à Barton's Forest, dans les environs de Belfast, là où les arbres couverts de neige se tricotaient à l'infini, immenses sous le plafond des nuages.

Il aurait dû être à l'école, ce matin-là, en train de réviser un important examen de sciences, mais il avait pris son vendredi – sans autorisation – et s'était aventuré dans les sous-bois neigeux parce qu'ils étaient à la fois près de la maison et suffisamment à l'abri du regard indiscret des voisins. Tout ce qu'il voulait éviter, c'était que l'un d'entre eux l'aperçoive et aille prévenir son père.

On ne pouvait pourtant pas dire que son père s'intéressait beaucoup à lui, ces temps-ci...

L'objet dépassant du sol ressemblait à un doigt sale qui lui aurait fait signe. Une barbe de feuilles gelées accrochée à un vieux tronc pourri le protégeait d'un rayon de soleil hivernal.

Il crut d'abord que ce n'était qu'un morceau de racine et l'ignora. Mais, succombant à la curiosité, il se pencha pour l'examiner de plus près et, saisi et fasciné à la fois, se rendit compte de ce que c'était vraiment.

« Un os... ? »

Il le toucha, et ce fut comme si une araignée filait le long de sa colonne vertébrale pour le prévenir qu'il s'agissait d'un objet merveilleusement sombre. Un fossile, peut-être ? Non, plus probablement un morceau volé au boucher du coin par quelque chien famélique. Adrian s'imaginait l'animal creusant, creusant et creusant encore, la nuque toute hérissée de poils tandis qu'il enfouissait suspicieusement son bout d'os. Ensuite, il avait dû pisser tout autour, histoire de marquer son territoire et d'éloigner les autres cabots affamés.

À coups de talon, Adrian entailla avec force la terre gelée, fragmentant le sol durci jusqu'à en émietter la glaise. Quelques minutes plus tard, comme à contrecœur, la terre relâcha son emprise sur l'os, laissant à sa place un trou rond comme une orbite vide.

En l'étudiant de plus près, il vit que du sang séché et des morceaux de viande pourrie y adhéraient encore. « En tout cas, c'est pas un fossile. Sans doute un os de vache. » Ses lèvres se plissèrent de dégoût, mais ses doigts s'accrochaient toujours à l'os, résistant à l'envie de le jeter.

En le cognant fermement contre un arbre, il parvint à le dégager d'une partie de sa gangue de glaise.

Pour finir, il ouvrit sa braguette et, concentré sur sa cible, pissa dessus, comme un pompier étouffant une flamme, son urine fumante éclaboussant tout sur son trajet et dégageant les restes de terre, de sang et de chair décomposée.

À peine avait-il refermé sa braguette que, sans crier gare, un choc violent sur le côté du visage lui fit perdre l'équilibre. Il se mit à tituber légèrement.

Un grand corbeau, noir et luisant comme du mazout, atterrit en écrasant ses ailes et son ventre sur le sol neigeux. Il ne pouvait se tenir debout et Adrian s'aperçut qu'il n'avait qu'une patte. L'autre avait disparu, fraîchement arrachée, sans doute par un prédateur, laissant place à une plaque rouge et humide au milieu des plumes. C'était la seule couleur visible sur l'oiseau.

Adrian leva instinctivement les mains et toucha son visage avec précaution. Il était humide, lui aussi. Du sang. Une goutte de sang du corbeau lui était entrée dans la bouche. Il avait un goût de fer sur la langue. Il cracha sur la neige un pâté rouge qui vira au rosâtre.

Peut-être l'oiseau était-il tombé dans une embuscade tendue par un renard pendant qu'il se régalait avec l'os ? Les corbeaux sont intelligents, mais l'intelligence ne fait jamais le poids face à la ruse. Et s'il s'agissait en fait de sa patte manquante ? Une fois encore, les lèvres d'Adrian se plissèrent de dégoût, mais ses doigts s'agrippaient toujours à l'os, refusant de le lâcher.

Secoué par la sinistre intrusion de l'oiseau, il se mit à crier dans l'espoir de le faire partir. « File ! Va-t'en ! » Il agita les bras, l'oiseau voulut regagner la sécurité des arbres mais ne parvint qu'à boitiller, épuisé par l'effort, son bec pathétiquement ouvert cherchant un supplément d'air.

« Ses ailes sont foutues… » Le remords ayant

rapidement remplacé la colère, Adrian se demanda s'il ne ferait pas mieux d'emmener l'oiseau chez lui et de téléphoner à la SPA. Mais cela entraînerait des questions, ce qu'il préférait éviter. Alors il se demanda ce que ferait son père dans la même situation. Probablement débarrasser l'oiseau de ses problèmes en lui tordant le cou.

Il se dit qu'il aurait dû emporter un des fusils de son père. Il n'aurait eu aucun scrupule à achever la malheureuse créature.

Il s'approcha doucement de l'oiseau en le cajolant de la voix : « Tout va bien ; je n'ai pas l'intention de te faire du mal. »

L'oiseau ne bougeait pas. Ce n'est que lorsqu'il le toucha doucement de la pointe de sa chaussure qu'Adrian comprit qu'il était en train de mourir, son dernier effort pour se sauver ayant définitivement épuisé son cœur.

Il se pencha et fit rouler l'oiseau sur le sol, mais la cage thoracique de ce dernier craqua sous la pression, lui donnant un air grotesque. Sa tête molle partit en arrière et se perdit dans les plumes.

Adrian sentait maintenant la solitude tomber sur la forêt. Il entendait le croassement des corbeaux nichés dans les bosquets d'arbres noueux ; il entendait la neige durcie craquer sous ses pas.

Sur sa gauche, à peine visible sous la neige, il repéra un buisson d'aubépine. Sa mère lui disait que chaque créature mérite un enterrement convenable, il creusa donc à la main une petite niche et y déposa l'oiseau.

Espérant que la mort du corbeau n'était pas un mauvais présage, Adrian ramassa une plume noire qui dessinait comme un point d'exclamation sur la page blanche de la neige.

« Tu n'étais que beauté. Pas une imperfection, malgré

la blessure. » Avec respect, il se dit que la grâce de cette plume avait le pouvoir de faire voler les oiseaux et les héros grecs. N'importe qui vendrait son âme pour un tel...

Il fut soudain distrait pas un mouvement sur sa gauche. C'était blanc – aussi blanc que la neige qui s'accumulait autour de lui. Il se frotta les yeux pour la chasser, cligna des paupières. Rien. Il regarda dans toutes les directions. Rien d'autre que la rumeur du vent prenant de la vitesse. Il tendit l'oreille, persuadé que ce dernier lui murmurait un nom.

Michael ? Michaellllll... ?

« Toi-même, espèce d'idiot ! » lança-t-il à voix haute pour se rassurer.

Il mit la plume dans sa poche et se remit à travailler sur l'os, le séchant avec des feuilles, le frottant presque amoureusement comme s'il appelait le génie endormi d'une lampe magique.

Satisfait, il le brandit dans la lumière qui perçait à travers les arbres, l'inspecta minutieusement et le plaça au creux de son oreille pour écouter quel bruit ça faisait. Le son lui fit se dresser les cheveux sur la tête et lui hérissa les vertèbres. L'os bourdonnait comme un coquillage dans lequel on écoute la mer. Mais c'est autre chose qu'il entendait, une sorte de voix douce qui lui murmurait des mots ténébreux qu'il ne comprenait pas.

2

> *Of a thousand shavers, two not shave so much alike as not to be distinguished.*
>
> Samuel Johnson Boswell's,
> *Life of Samuel Johnson*

« C'est elle, non ? » demanda Joe Harris, le barbier du village, en brandissant d'une main son coupe-choux et, de l'autre, l'édition de vendredi du *Belfast Telegraph*. « C'est bien Nancy McTiers, cette gamine qui venait ici à tout bout de champ avec son grand-père, non ? » Harris avait marmonné la question en même temps qu'il nettoyait ses lunettes afin de scruter la photographie de la petite fille qui s'étalait en pleine page. Elle souriait et portait une robe à volants, des rubans dans les cheveux et une sorte de jouet – une poupée, probablement – à la main.

Tout à son article, Harris négligeait son troisième client de la journée qui attendait, un peu ridicule dans son fauteuil, qu'on voulût bien lui raser autre chose que la lèvre supérieure.

« *Trois ans depuis la disparition de Nancy. Pas d'arrestation. Pas de suspect. Pas d'indice* », pouvait-on lire sur la petite manchette sous la photo de la fillette. L'article était en page 13. Trois ans plus tôt, l'affaire avait eu droit à la page 2, mais le temps en avait atténué l'importance. Encore trois ans et elle ne mériterait probablement plus une ligne.

Malgré la présence de son client, Harris n'arrivait pas à détacher les yeux du reste de la notule imprimée sur le journal.

« ... *sortie de chez elle à Lancaster Street... avec, en poche, l'argent que lui avait donné sa mère pour acheter quelque chose de joli dans un des magasins de York Street... aperçue, pour la dernière fois, dans Queen Street...* »

D'un coup d'œil dans le miroir de la boutique, le client comprit qu'Harris n'était que moyennement concerné par l'avancement de son rasage et préféra ne rien dire pour le moment, tant ce journal entre les mains du barbier semblait important.

Creusant plus profondément dans ses souvenirs, Harris fit ressurgir des images sporadiques. La petite portait parfois une robe jaune vif quand elle venait au salon de coiffure. Avec des papillons rouges dessus. Ils avaient même l'air si vrais qu'on s'attendait à ce qu'ils s'envolent. Une petite fille. Ça changeait un peu des garçons et des hommes.

Harris sentit soudain le poids du rasoir dans sa main : il avait un travail à finir et plutôt intérêt à ne pas le bâcler. Un autre de ces salons unisexe avait ouvert à quelques rues de là ; même si la majeure partie de la clientèle avait affirmé vouloir lui rester fidèle, il ne pouvait empêcher une question insidieuse de lui tarauder l'esprit : combien de temps cela durerait-il ? Belfast, comme Dublin et Londres, était en train d'évoluer rapidement en cimetière pour barbiers traditionnels.

« Désolé, monsieur, fit Harris en désignant l'article d'un signe de tête. Je me souviens de cette petite fille. Affreux. » Il tapota le journal avec son rasoir.

« Je vais être en retard », dit le client qui commençait à s'agiter et dont la figure partiellement rasée ressemblait à un fer à cheval barbouillé de savon.

En face d'Harris se tenait Jeremiah Grazier, l'autre barbier, le propriétaire du salon. Grazier fixait Harris en attendant qu'il retourne au boulot, satisfasse le client et cesse de se laisser distraire par la lecture du journal.

Grazier était maigre, flétri par les ans et prématurément voûté par le fardeau d'un visage généralement considéré comme repoussant. Il avait fait irruption dans la vie en hurlant, quand la sage-femme – à la fois débutante et légèrement alcoolisée – lui avait crevé l'œil droit avec un forceps. Le docteur avait froidement informé sa mère qu'il avait eu de la chance de ne pas perdre les deux, et recommandé la pose d'un œil de verre à l'âge adulte. Parfois, quand sa peau était trop irritée, Jeremiah devait protéger son œil avec un bandeau, ce qu'il évitait toutefois de faire pendant les heures de travail.

Grazier préparait les cheveux d'un client, ses longs doigts osseux lui pétrissant le crâne pour faire bien pénétrer la lotion et faciliter la coupe. Le client – un ado – décrivait précisément ce qu'il désirait, mais Jeremiah ne l'écoutait pas. Au salon, pour les *enfants*, il n'y avait qu'une seule coupe. S'ils voulaient de la fantaisie, qu'ils aillent dans un de ces salons fantaisistes avec leurs prix et leurs coiffeurs fantaisistes.

Pourtant, en dépit de leur répugnance au changement, les deux coiffeurs faisaient leur possible pour satisfaire toutes les tranches d'âges, à preuve cet étalage de bocaux de bonbons aux papillotes inspirées de la spirale colorée de l'enseigne des barbiers, ces piles de BD entassées n'importe comment et menaçant de s'effondrer, et ces têtes grotesques en caoutchouc, manifestement conçues pour retenir l'attention des gosses, qui pendaient du plafond jauni par la nicotine – le tout voisinant avec un bric-à-brac d'objets religieux, des vieilles bibles héritées de l'époque où Grazier les vendait au porte-à-porte, au milieu d'un fouillis incongru de magazines montrant des femmes à moitié nues, des corps décapités et des caïds de la mafia.

Mais, si les friandises et les BD étaient censées attirer la jeune clientèle, une trique attachée bien en vue sur le mur servait aussi à les dissuader. « La Trique est Capable », proclamait une maxime inscrite sous l'objet, comme un avertissement aux fauteurs de troubles en puissance – des gamins qui auraient l'audace de se plaindre des coups de tondeuse ratés dans leur chevelure à la mode.

En fait, il n'était pas rare de voir Grazier chasser un de ces ingrats, la trique manquant de peu sa cible tandis que sa vieille bouche marmonnait quelque citation biblique : « *Qui ménage le bâton déteste son fils ! Proverbes 13-24.* »

« On pourrait peut-être en enlever un peu plus sur le dessus, monsieur, suggéra poliment l'adolescent.

– Au suivant ! » cria Grazier.

Ondulant hors du fauteuil, le jeune homme tendit la main pour payer. En échange, Grazier y glissa un bonbon parfaitement enveloppé et le poussa vers la sortie. « Ferme bien la porte derrière toi, que la chaleur ne sorte pas. »

Il était près de 13 heures quand le dernier client s'en alla, laissant aux deux barbiers une chance de fermer et d'aller déjeuner avant de revenir faire un peu ménage et de rouvrir pour 14 heures.

« Tu te souviens d'elle, Jeremiah ? demanda Harris en s'installant confortablement dans son fauteuil, le journal à la main.

– Qui, elle ? répondit Jeremiah en nettoyant méticuleusement sa tondeuse à coups d'ongles pour extraire des dents métalliques les derniers morceaux de cheveux.

– Cette gamine, celle qui a disparu. Nancy McTiers. La petite-fille du Dr McTiers. Je sais que tu as la plus mauvaise mémoire du monde, mais tu ne peux pas ne pas te souvenir d'elle ! »

Grazier continua son nettoyage comme s'il n'avait pas entendu.

« Tu ne t'en souviens vraiment pas ? insista Harris.

– Tu ne vois pas que je suis occupé ? » répliqua Gazier d'un ton légèrement ennuyé.

Indifférent, Harris tapota l'article du doigt avant de tendre le journal à son collègue. « Jette un œil. »

Sans enthousiasme, Grazier prit le journal et le scruta de son bon œil, comme un joaillier étudiant la perfection d'une pierre.

Il scanna la photo monochrome de la petite fille avant de lire la légende. « J'y suis, dit-il. Une histoire dégoûtante. Je ne sais pas pourquoi tu achètes des cochonneries pareilles. Ils ne font leur beurre qu'avec des histoires de mort et de destruction. »

Habitué aux sautes d'humeur maussades de Grazier, Harris se contenta de sourire. « Je me souviens du temps où tu faisais du porte-à-porte avec tes savons, tes bibles et tes sermons. Nettoyez-vous le corps aussi bien que l'âme ! Alléluia ! Le Seigneur et le Saindoux ! Tu te souviens ? Mort et destruction ? C'était tout ce qu'on pouvait entendre de toi, Jeremiah. Et même que tu parlais des *prophètes*[1]... »

Il ne put s'empêcher d'accompagner d'une grimace son calembour vaseux. « Ces bibles parfumées pour homme et femme que tu racontais à toutes ces vieilles filles. T'en a vendu un bon paquet, hein, vieux renard », ajouta-t-il avec un clin d'œil.

Grazier fit comme s'il n'avait pas entendu, laissant Harris revenir à son journal pendant qu'il s'approchait de l'évier pour frotter l'encre d'imprimerie qui lui tachait la peau et lui donnait l'impression d'être sale.

C'est tout juste s'il ne se frotta pas jusqu'à l'os.

« Merde !

– Quoi ? Qu'est-ce qui ne va pas, Jeremiah ? Ne me dis pas que tu t'es coupé, un vieux pro comme toi ? plaisanta Harris sans lever les yeux de son journal où il cherchait la page des courses pour son rendez-vous quotidien avec les chevaux. Tiens, si c'est pas un pari pour superstitieux, ça, c'est que j'en ai jamais vu. *Rasé de Près* court à Beechmount. Sept contre un. T'en dit quoi, Jeremiah ? Je peux te mettre dans le coup ? »

Merde ! L'encre résistait à ses efforts, c'est à peine si elle avait pâli. Il pouvait encore apercevoir le petit texte du journal dans sa paume.

Un tapotement insistant contre la vitrine attira, en même temps, l'attention de Grazier et d'Harris.

« Ils voient pas le panneau *Fermé pour le déjeuner* ? Quesse qui croient ? Qu'on est des robots ? » maugréa Harris en se levant.

Grazier s'interposa aussitôt. « C'est bon, Joe. Retourne à ton journal, je vais voir qui c'est. »

---

1. Jeu de mot intraduisible entre *prophets* et *prophylactic*. (*Les notes sont du traducteur.*)

Harris se laissa glisser dans sa chaise en haussant les épaules et se replongea dans son journal.

À travers le rideau, Grazier aperçut un jeune homme au visage ravagé par l'acné. Le jeune homme le vit et cligna de l'œil.

Entrouvrant la porte à contrecœur, Jeremiah chuchota :

« Qu'est-ce que tu fous là, en plein jour ? On t'a bien dit de ne venir que la nuit. Imagine que quelqu'un te voie et aille prévenir les flics ?

— Pas de quoi perdre ton falzar, pépé. J'fais qu'mon boulot. J'serai absent pendant deux semaines. Ta bourgeoise m'a commandé ça, hier. Tu veux quand même pas la priver de sa médecine, non ? » dit-il en ouvrant la main sur un petit paquet brun.

De colère, le crâne de Jeremiah vira au rouge sang. La vision d'une paire de ciseaux fichée dans le sourire ricanant du gamin lui traversa l'esprit.

« Tu m'as pas l'air en forme, pépé. C'est peut-être que t'as pas pris ta médecine dernièrement ?

— Ne te pointe plus jamais à la boutique à cette heure.

— Si tu le dis, pépé. Fais juste gaffe de le dire aussi à ta bourgeoise. Tout le monde sait qui porte le pantalon chez toi. »

Le ricanement s'était fait plus aigu, plus tranchant.

En toute hâte, Grazier attrapa le paquet et, à la manière d'un écureuil, le fit disparaître dans la poche d'un manteau pendu à l'entrée de la boutique.

« Pour l'amour du Ciel, Jeremiah. N'importe qui pourrait croire que c'est une bombe que tu caches », rigola Harris en se redressant dans son fauteuil. Un de ces jours, j'vais l'ouvrir, ce sacré paquet, Jeremiah, juste pour savoir ce que tu mijotes. »

Sans répondre, Grazier fixa Harris d'un regard glacial. Un regard déconcertant, même pour Harris.

« C'était une plaisanterie, souffla-t-il. Une plaisanterie ! Qu'est-ce qui te prend, ces temps-ci, Jeremiah ? »

Grazier le dévisagea encore quelques secondes avant de lui répondre. « Je n'aime pas les plaisanteries. Tu devrais le savoir mieux que n'importe qui. »

Et il retourna se laver les mains.

3

> *En chacun de nous, quelque chose était mort, et cette chose était l'espoir.*
>
> Oscar Wilde,
> *The Balade off Reading Gaol*

Adrian pénétra dans l'office par la porte de derrière. L'endroit puait la vieille fumée et les patates pourrissantes. La vaisselle sale était entassée en pyramide dans l'évier. Une motte de beurre, gâchée par la chaleur, avait viré en moisissure.

Il sortit de l'office, bifurqua à gauche et s'arrêta devant la porte fermée du grand studio. L'endroit servait d'atelier à son père, principalement pour y recevoir des femmes nues – des modèles, comme il les appelait –, et Adrian, normalement, n'en franchissait pas le seuil. Mal à l'aise et un peu intimidé au début, il avait vite succombé au charme et à la beauté de ces jeunes femmes souriantes, surtout de celles qui se souvenaient de son nom quand elles le croisaient dans le hall de la maison.

Le signal rouge « *Défense d'entrer. Œuvre en cours* » était allumé, mais, en pressant l'oreille contre la porte, Adrian n'entendit aucun bruit.

« Papa ? » Il cligna des yeux pour s'habituer à l'obscurité. « Papa ? Tu es là ? »

La lumière faiblissante de l'après-midi se glissait à travers les rideaux fermés depuis le matin, délavant les couleurs de tout ce qui se trouvait dans la pièce. Ce n'est que lorsque ses yeux se furent adaptés à la pénombre qu'Adrian distingua une masse au milieu du tapis.

« Papa... ? » Tirant rapidement les rideaux, Adrian laissa entrer les vestiges du soir dans la pièce.

Parmi des monticules de vêtements sales dessinant des formes étranges, de vieux journaux craquelés et jaunis par le soleil jonchaient le sol. Des petits monticules de terre glaise occupaient les trois-quarts de l'espace, des bustes et des torses inachevés meublaient le reste du plancher, semés au hasard, comme si un tueur à la hache avait récemment visité l'endroit. Un arsenal de crochets à viande pendant du plafond à la manière d'instruments de tortures médiévaux effleuraient les tableaux de leurs ombres en points d'interrogation.

Derrière les relents de peinture omniprésents, Adrian distingua deux odeurs beaucoup plus fortes, plus menaçantes : celle de la vieille gnole et celle, plus fraîche, de la graisse à fusil.

Le corps de son père était raide, mais il respirait. Il est juste ivre mort, se dit Adrian, soulagé.

Il se pencha pour soulever le corps, mais il était beaucoup trop lourd.

« Papa ? Il faut que tu te lèves. Allez ! » lança-t-il, contrarié. Il essaya encore, mais ne put faire bouger la masse échouée. Il se redressa, dépité. « Si maman te voyait maintenant, elle aurait honte de toi. Tu dois te lever ! »

Quelques secondes plus tard, le corps grogna, puis

marmonna d'une voix rauque : « Qu'est-ce que c'est... Qu'est-ce que tu veux ?

– Allez, papa, au lit, dit Adrian en le tirant par le bras. C'est moi, Adrian.

– Adrian ? demanda son père, passant de l'étonnement à la reconnaissance. Oh ! Adrian ! Ce bon vieil Adrian... Buvons un coup à la santé de ce bon vieil Adrian. »

Il avait les joues quadrillées et marbrées de rouge par les plis du tapis. Son visage était si anguleux, si maigre qu'à première vue ces marques auraient pu passer pour des rides de sévérité.

Aidé par son fils, il entreprit de se lever lentement.

« Allez, Papa. Je vais t'aider à monter les escaliers. »

C'est alors qu'Adrian vit la photo qui gisait sur le sol ; le verre cassé du cadre avait fendu en deux le visage souriant de sa mère adorée.

« Tu as bousillé la photo de maman », accusa-t-il en ravalant la boule de colère qui enflait dans son estomac. Il faillit ajouter « bâtard d'ivrogne », mais parvint de justesse à se retenir.

Titubant légèrement, son père était maintenant debout.

« T'es un bon fils. Le meilleur fils que Jack Calvert puisse jamais désirer... dit-il en lui caressant la joue.

– Je sais. Le meilleur du monde. Maintenant, allons nous coucher, P'pa. Tu te sentiras beaucoup mieux demain matin.

– Un whiskey. J'ai besoin d'un whiskey, Adrian. C'est ça qui me fera sentir mieux, beaucoup mieux, même... Va me chercher une bouteille, si tu veux bien. Juste pour me calmer la soif. Mon dernier petit verre n'est plus qu'un souvenir, dit-il avec un clin d'œil.

– Plus tard. Pas maintenant... » répondit Adrian en pensant « plus jamais ».

Jack se laissa tomber sur le vieux sofa usé. Il ferma les yeux quelques secondes, les rouvrit lentement avant de demander : « Pour l'amour de Dieu, Adrian, tu ne voudrais pas être un peu humain, pour changer ? C'est vendredi soir. Tout le monde aime le vendredi soir. » Puis, comme si soudain il se rappelait quelque chose de très important : « Ça y est, je me souviens. J'ai oublié de te donner ton argent de poche, hein ? Va me chercher mon portefeuille, on va régler ça.

– Tu crois aux fantômes, P'pa ? » demanda Adrian en fixant son père droit dans les yeux.

Un instant, Jack fut totalement pris au dépourvu, puis son regard se fit suspicieux.

« Je… c'est une étrange question. Pourquoi tu me demandes ça ?

– Je crois que j'ai vu maman au bord du lac. »

Le silence tomba sur la pièce. À croire que ses paroles avaient pris son père à la gorge, au point de le dessoûler encore un peu plus.

« Ne dis pas des choses pareilles, t'as compris ? » La figure de Jack avait viré au rouge. « Il n'y a pas de fantômes. Maman est morte – c'est une chose que nous devons accepter tous les deux.

– Je l'ai vue. Elle n'est pas morte, murmura Adrian. Elle ne nous aurait jamais fait ça. Elle ne nous aurait jamais laissés tout seuls.

– Maman n'a rien fait, Adrian. C'est cet ivrogne de chauffard qui a tout fait. Tu te souviens ? Ni maman, ni toi, fit-il en se penchant sur son fils. Quand as-tu… Quand penses-tu avoir vu maman ? »

Se souvenant à temps qu'il n'avait rien à faire dans les bois ce matin-là, Adrian évita soigneusement la question, mais, sans le vouloir, en dit plus sur lui-même qu'il n'en avait l'intention. « Je suis content que l'ivrogne soit mort, P'pa. J'espère même qu'il est en enfer et qu'il souffre... Je le hais.

— On peut haïr, fils, mais pas pour toujours. Ça détruit, ça empoisonne. Tu n'aimerais quand même pas que maman te voie comme ça, non ? » demanda Jack dont le visage était d'une pâleur de cendre.

Expirant tout l'air qui bloquait ses poumons, Adrian s'efforça d'apparaître calme, miséricordieux.

« Non, je suppose que non. Je sais que je ne devrais pas parler comme un gamin stupide, mais je ne peux pas m'en empêcher. Ça me fait trop mal que maman ne soit plus là. »

Jack se souleva du sofa pour caresser la tête de son fils. « Tu sais, toutes les choses importantes font souffrir, celles dont tu te souviens... Si elles ne font pas souffrir, c'est qu'elles sont sans importance. Tu comprends ? »

À contrecœur, Adrian fit signe que oui.

Jack se leva et tangua jusqu'à la porte.

« On en reparlera, fils. Okay ? Pour l'instant, je vais suivre tes conseils et aller me coucher. »

Moins d'une minute plus tard, Adrian entendit le corps de son père s'écrouler sur le lit dans un long gémissement de ressorts.

En dépit de ses efforts pour oublier sa faim, l'estomac d'Adrian gargouillait avec force. Il s'apprêtait à aller chercher de quoi manger un morceau dans le réfrigérateur, quand quelque chose attira son œil dans un coin du sofa. Un objet, noir et massif. Il sut ce que c'était avant même de le saisir : le revolver de son père.

Ça ne collait pas. Son père, très strict en la matière, lui avait enseigné une saine attitude de respect envers les armes : « Prenez soin des armes et elles prendront soin de vous. »

L'odeur d'huile d'une arme fraîchement nettoyée lui pénétra les sinus et remonta jusqu'au fond de sa gorge. Il pouvait presque la sentir sur sa langue. Ce mélange d'huile et de poudre prouvait qu'elle avait servi récemment.

Tenant prudemment le canon loin de son visage, Adrian déverrouilla le barillet, exposant du même coup les chambres du revolver.

Choqué par leur contenu, il secoua l'arme, et toute une série de cartouches atterrit dans le gras de sa paume. Une arme chargée ? À quoi tu jouais, P'pa ? Des pensées déplaisantes tournicotaient dans sa tête, des pensées montrant son père occupé à des choses noires, sinistres. Mais elles se dissipèrent quand il aperçut la déchirure dans le bras du vieux fauteuil à côté de la télé.

La déchirure – large d'un pouce et profonde d'un doigt – indiquait clairement qu'une balle s'était logée dans le fauteuil.

Jugeant qu'il valait mieux pécher par excès de prudence, Adrian décida de cacher le revolver. Son père pourrait le récupérer quand il serait à nouveau d'attaque. Plus tard. Certainement pas maintenant.

Quelques secondes plus tard, il entra dans sa chambre et sortit une boîte en bois de sous le lit. Il y déposa le revolver et y ajouta les plumes et les os qu'il avait négligemment laissé traîner sur les couvertures. Il était mentalement épuisé.

Son estomac gargouillait toujours. Il envisageait de refaire un voyage au rez-de-chaussée pour grignoter un morceau quand il se souvint du bonbon que le barbier lui avait glissé dans la main. Il l'ouvrit, le mit dans sa bouche et ressentit aussitôt le *rush* du sucre dans son corps.

Le vent d'hiver s'introduisait par les fissures de la vieille maison. Tremblant de froid, Adrian remonta sa couverture jusqu'au menton. Il sentit ses paupières se faire de plus en plus lourdes et se dit qu'il pourrait s'endormir pour toujours.

Il finit par s'endormir, mais les cauchemars l'agressèrent toute la nuit. Des fantômes de toutes sortes, des visions de choses noires et malfaisantes, de mères mortes, de corbeaux morts, d'os morts…

4

*O to be a dragon, a symbol of the power
of Heaven – of silkworm size or immense ;
at times invisible. Felicitous phenomenon !*

Marianne Moore, *O To Be a Dragon*

En rentrant du boulot, Jeremiah glissa sa clef dans la serrure et s'introduisit dans l'obscurité de l'arrière-cuisine. Une casserole de ragoût attendait sur le fourneau et une odeur de graillon parvint à ses narines poilues. Rien d'appétissant, mais Jeremiah espérait juste que ce serait nourrissant.

Il quitta la cuisine quelques minutes plus tard et se rendit dans le grand salon en tripotant nerveusement le paquet qu'on lui avait remis devant Harris. Après avoir jeté un coup d'œil soupçonneux autour de lui, il le dissimula rapidement derrière les livres d'une étagère en prenant bien soin de les remettre en place.

Après s'être lavé les mains, il sortit de la maison.

« Judith ? » appela-t-il dans le noir en sachant que sa femme se trouvait probablement dans une des nombreuses resserres édifiées sur leur terrain. Par le sentier tortueux, il descendit vers les constructions de bois et dépassa les trois épouvantails plantés dans le verger à pommes.

Plusieurs de ces resserres étaient de vraies cavernes d'Ali Baba, remplies de collections d'objets divers entassés pendant des années ; d'autres ne contenaient rien, à part des cosses vides et des squelettes de bois lépreux.

« Judith ? » dit-il en ouvrant la porte de la remise où étaient stockés les vieux ustensiles de ménage. Rien. Pas un bruit. Puis il se souvint qu'on était vendredi. Elle devait être dans la resserre à fringues, occupée à trier les vêtements d'occasion pour le marché de Smithfield du lendemain. Quelques brocanteurs l'appelleraient sûrement pour inspecter la marchandise et entamer d'âpres discussions – pour faire du troc, plutôt que de verser de l'argent...

Dressée de toute sa hauteur au milieu d'un conglomérat d'autres remises, la resserre à fringues dominait comme un chaperon parmi des enfants. Même en plein jour, elle avait quelque chose d'inquiétant.

Jeremiah pesa sur la poignée de la porte et entra dans la grande structure de bois en drainant avec lui la clarté maussade de la nuit.

« Judith ? » appela-t-il en avançant avec précaution. Une faible lueur orange tombait d'une ampoule nue accrochée à une poutre. Il n'avait jamais compris comment sa femme pouvait y voir dans une lumière aussi épouvantable. Mais c'est comme ça qu'elle aimait les choses : à demi éclairées. La lumière tamisée plongeait leur maison elle-même dans la pénombre – pénombre qui lui suffisait pour ses activités. Quand il l'avait rencontrée, elle prétendait souffrir de malaises depuis l'enfance. Il avait fallu des années pour qu'elle accepte de lui faire confiance, qu'elle lui révèle la vraie vérité.

« Jud…

— *Qu'esssscequeccc'est* ? siffla dans le noir une voix sourde et agacée.

— Je viens juste d'arriver. Quelques minutes à peine. Veux-tu que je t'apporte un peu de café ? J'ai pris des petits pains au lait chez McKenna. »

Rien, si ce n'est un faible soupir, ne sortit de la resserre.

« C'est bon, alors, dit Jeremiah, je vais faire chauffer l'eau. À tout de suite. »

Il se retira sans espérer de réponse.

Le café avait pratiquement tourné en terre cuite quand la porte du fond s'ouvrit et se referma. Jeremiah entendit Judith s'agiter énergiquement à la recherche de quelque chose, bousculant la vaisselle et faisant valser les tasses sur leurs étagères. Il savait ce qu'elle cherchait, il espérait juste qu'elle ne le trouverait pas.

Moins d'une minute plus tard, elle apparut à la porte du salon, son visage pâle illuminé comme un fantôme émergeant de la brume.

Elle portait un tablier gris colombe sur une robe de bohémienne à fleurs. Le tablier était constellé de taches de glaise séchée, quelques-unes manifestement plus fraîches que les autres. Ses vêtements étaient moulés sur ses os qui semblaient intégrés au tissu, sa carcasse décharnée ayant à peine assez de chair pour se soutenir. Elle était moitié plus jeune que son mari.

« Où c'est que tu l'as caché ? » demanda-t-elle d'une voix contenue où perçait cependant une pointe de menace. Elle le scrutait d'un regard qui semblait venir du plus profond d'elle-même. Fines comme des œufs de poux, des gouttes de sueur dégoulinaient sur son front.

« Caché quoi ? demanda Jeremiah en espérant que le ton de sa réponse paraîtrait assez normal pour éviter une dispute.

— *Ne-joue-pas-à-ça-avec-moi*, siffla-t-elle en articulant chacun des mots qui sortaient de sa bouche étroite. *Où-est-ma-putain-de-poudrrrre-magique* ? »

Jeremiah avala la salive qui lui obstruait la gorge avant de répondre : « Tu l'as déjà finie. Il y en avait pour un mois et tu l'as finie en une semaine. Tu es en train de te tuer et…

— Ta gueule ! Ta gueule ! Ta gueule ! Arrête tes putains de prêchi-prêcha ! J'en ai trop entendu. Dis-moi juste où elle est, bordel de merde ! Où ? »

Elle suait maintenant à grosses gouttes et pressait son poing contre son estomac comme si elle espérait pouvoir échapper aux inévitables crampes qui commençaient à y fermenter.

Jeremiah connaissait les signes avant-coureurs pour les avoir souvent vus. Pourtant, il était toujours aussi choqué, terrifié.

« Tu ne peux pas continuer comme ça, Judith. Tu as besoin d'aide », dit-il en résistant à l'envie de se lever. Il savait qu'elle interpréterait tout mouvement de sa part comme une menace et réagirait en conséquence.

« De l'aide ? C'est toi qui en auras besoin si tu ne me dis pas où tu as caché cette putain de poudre… TOUT DE SUITE !

— Tu n'y arriveras pas, Judith. Pas cette fois. Je me suis toujours laissé convaincre, mais pas cette fois.

— Ta voix geignarde me fait l'effet d'un jet d'acide qui me traverse comme une putain de diarrhée », dit-elle en se serrant la tête entre les paumes comme dans un étau.

Soudain, ses mains disparurent sous son tablier, farfouillèrent un moment et réapparurent avec un objet entre les doigts, un rasoir, un coupe-choux identique à ceux du salon de coiffure.

« Pose ça… S'il te plaît… pose ça », supplia Jeremiah dans un murmure.

Ignorant l'ordre, Judith guida le rasoir jusqu'à son pouce pour en éprouver le fil de la lame. Elle le fixait de ses yeux fous avec l'intensité d'un cobra prêt à frapper.

Lentement, délibérément, avec une sorte de perversité, elle fit courir la lame du haut jusqu'au bas de son bras nu ponctué de marques d'aiguille et d'entailles, comme si elle testait la dureté du métal contre sa chair meurtrie.

« S'il te plaît, Judith… » plaida Jeremiah. Il remarqua que ses pupilles se dilataient rapidement, à mesure que le manque se faisait sentir. C'était alors qu'elle était vraiment dangereuse, quand elle était à sec.

Doucement, elle posa le rasoir au creux de son coude, fit pivoter légèrement le manche de nacre et traça une ligne sur sa peau pâle. La petite ligne blanchit avant de virer au rouge.

« Judith ! cria Jeremiah en se levant d'un bond.

— Ne bouge pas, dit-elle calmement, d'une voix aussi neutre que celle d'un ordinateur. Ne pense même pas à oser t'approcher. »

Elle fit remonter le rasoir jusqu'à sa gorge, juste sous la mâchoire, à l'endroit où une cicatrice brillait déjà comme un collier de perles.

Jeremiah aurait préféré qu'elle crie. Son calme était toujours menaçant, l'annonce qu'une chose horrible était sur le point d'arriver.

« Okay, fit-il, vaincu. Tu as gagné. Je vais le chercher…

— Non ! Non… dis-moi juste où c'est. C'est tout. J'ai juste besoin d'un petit shoot. Ensuite, ta Judith redeviendra comme tu l'aimes… Comme tu adores qu'elle soit. Tu ne veux pas qu'elle revienne, ton adorable Judith ?

— Derrière les livres… sur l'étagère », soupira Jeremiah, résigné.

Avec circonspection, sans quitter son mari des yeux, Judith recula vers l'étagère et passa frénétiquement sa main gauche derrière les livres. En tombant, leurs pages battaient l'air comme des ailes de colombes.

Ce fut l'avant-dernier qui révéla le trésor caché. « *The Power and the Glory* ? Comme c'est original, fit-elle remarquer d'une voix sarcastique. *The Powder and the Glory*, ç'aurait été encore mieux.

— C'est dangereux de se faire livrer à la boutique. Quelqu'un pourrait prévenir les flics. Cette face de fouine de gamin a eu le culot de venir en plein jour, soupira Jeremiah. Joe a des soupçons. Tu peux arrêter ça. Tu es une femme forte, non ? La dépendance, c'est pour les faibles.

— Qu'il aille se faire foutre, ce petit insecte de Joe ! renifla Judith avec mépris. Et toi, tu es gonflé de me parler de dépendance. Quand je t'ai connu, tu étais accro à la religion et au Bon Dieu, et tu le serais toujours si je ne t'avais pas montré quelle putain de connerie c'était. En plus, je *suis* faible, *volontairement* faible, parce que les faibles sont cruels, sacrément cruels, même… »

Elle s'essuya le nez d'un revers de l'avant-bras en déposant une trace de morve sur sa peau.

Jeremiah, qui détestait l'entendre parler de la sorte,

sentit un frémissement de colère remonter à la surface. Mais il parvint à le contenir, sachant que, dans cet état, elle était capable de tout. Résigné, il se laissa tomber sur une chaise.

« Okay. Je ne vais pas essayer de t'arrêter, marmonna-t-il.

— M'arrêter ? En es-tu seulement capable ? Je pense que nous ne le croyons ni l'un ni l'autre, non ? »

Pinçant un morceau de sa peau brune, Judith fourragea parmi son stock de seringues, l'œil toujours fixé sur Jeremiah.

En une seconde, d'une main experte, elle avait préparé la poudre et les aiguilles. « L'héroïne est une héroïne, dit-elle pour elle-même en pouffant de rire. Elle a été inventée par les hommes pour détruire et soumettre les femmes, mais pas *cette* femme. Moi, je fais ce que je veux. »

Ses gestes rappelaient à Jeremiah ceux d'une femme, assise sous une guillotine, occupée à tricoter et à faire cliqueter ses aiguilles tout en se nourrissant de la douleur et de la souffrance des condamnés, sursautant de joie chaque fois qu'une tête était séparée de son corps.

Sans se laisser perturber par le regard accusateur de son mari, Judith guida l'aiguille dans une de ses veines. D'habitude, elle se shootait dans un muscle pour prolonger le *rush* d'une dizaine de minutes, mais il l'avait fait chier, cet enfoiré d'hypocrite sentencieux avec son œil désapprobateur ; du coup, elle se balança le tout directement dans la veine – la garantie d'une béatitude immédiate.

En se tétant les lèvres avec avidité, Judith sentit le puissant courant monter, l'envahir et gagner de la vitesse comme si elle flottait au milieu de vagues incroyablement confortables. L'intensité du *rush* lui faisait la peau rouge, lui offrait de fausses vies et des promesses vides. Sa respiration faiblit presque à s'éteindre, une quasi-mort dans le néant, alors que ses pupilles se réduisaient à des têtes d'épingle et que son corps se détendait pour la première fois depuis des heures.

Jeremiah se détendit lui aussi. Il savait que la dispute était finie, au moins pour les trois ou quatre prochaines heures. Le temps que la magie s'évapore.

Judith s'approcha de lui par derrière et l'observa attentivement à travers ses paupières entrouvertes.

Il pouvait sentir son ombre sur sa nuque. Il imaginait le rouge sang de ses yeux en train de forer profondément son âme, à la recherche de mensonges enfouis.

Elle se mit à lui masser doucement les épaules, presque amoureusement. Le visage de Jeremiah s'adoucit, son dos se relâcha. De petites pointes d'électricité lui parcouraient la peau. C'était délicieux, il avait l'impression d'être une batterie qu'on rechargeait.

C'était maintenant qu'il fallait le lui dire.

« Il y avait un article dans le journal d'aujourd'hui. »

Il sentit ses mains glisser de ses épaules, signe d'un changement d'intérêt manifeste.

« Le journal ? » Judith le regardait, les lèvres pincées, les sourcils sévèrement froncés. Elle lui balança *le* regard, celui qu'elle lui réservait quand il lui avait déplu. « Je croyais que nous nous étions mis d'accord pour que tu ne t'approches plus de ce genre de cochonneries. Tu sais que ça ne te vaut rien, que ça te fourre des tas de péchés dans ta tête. »

Maintenant, il se reprochait d'avoir ouvert la bouche.

Elle approcha ses lèvres de son oreille. L'habituelle odeur de vieux vinaigre vint se mêler à son haleine alors qu'elle lui reniflait suspicieusement le cou. « Je sens sur ta peau que tu ne t'es pas lavé. »

Son cœur s'accéléra.

« Juste les mains, avoua-t-il en les exhibant pour inspection.

– Va prendre une douche. »

Elle attendit qu'il soit parti pour s'asseoir à sa place. Elle percevait par bouffées sa chaleur ondoyante sous son cul osseux. Cette chaleur la dégoûtait, mais elle ne bougea pas, de peur d'effrayer le dragon qui suintait amoureusement de son corps.

En fermant doucement les yeux, elle écouta les murmures du dragon. Ses mots étaient magnifiques, magnifiques et noirs...

5

> *Et Dieu amènera en jugement tout ce qui se fait au sujet de toute faute, soit le bien, soit le mal…*
>
> Écclésiaste 12 : 14

Allongé dans son lit, Adrian examinait l'os au moyen d'une vieille loupe. Il ne croyait plus que c'était celui d'un corbeau. Trop grand, et pour toute autre espèce d'oiseau, d'ailleurs.

Il se demanda comment identifier l'os qu'il avait trouvé et d'où il venait. Et si c'étaient des restes humains ? se demanda-t-il, histoire de jouer avec le côté le plus sombre de ses pensées. Était-ce possible ? Bien sûr que non, mais il n'y avait pas de mal à l'espérer. Il pourrait peut-être glaner quelques informations à la bibliothèque.

Un coup frappé à la porte vint interrompre ses cogitations.

« Adrian ? Tu es réveillé ? Je peux entrer ? demanda Jack.

– Quoi ? Oui… Enfin, non ! Attends une seconde. »

Il glissa rapidement l'os sous les draps et reposa la loupe sur sa table de nuit.

« Adrian ?
– Oui, tu peux entrer.
– Désolé de te déranger un samedi matin, dit Jack, je voulais juste m'excuser pour la nuit dernière et pour ce que j'ai dit sur ta mère.
– C'est pas grave, répondit Adrian en essayant de réguler sa respiration. De toute façon, tu avais raison. Les fantômes n'existent pas. Je ne sais même pas pourquoi je t'ai parlé de ça. Ça me gêne maintenant. »
Jack s'assit juste à côté de l'os et le cœur d'Adrian se mit à battre plus fort.
« Nous avons d'autres sujets beaucoup plus préoccupants à discuter. Tes examens, par exemple. Tu sais combien c'est important et à quel point ta mère y tenait.
– Je suis premier en maths et en sciences. Pas de souci.
– Si tu continues à sécher, ça risque d'arriver, dit Jack. Monsieur Hegarty a été assez gentil pour téléphoner ce matin. Il a dit qu'il avait appelé hier, mais que personne n'avait répondu. Il m'a dit que tu as manqué les cours hier et aussi vendredi dernier.
– J'avais besoin d'un peu de temps pour moi, dit Adrian, tout rouge. J'avais besoin de réfléchir.
– Tu n'as pas besoin de sécher deux jours pour réfléchir. L'école est le meilleur endroit où penser. Compris ?
– Oui, approuva Adrian sans enthousiasme.
– Parfait.
– Non, P'pa, ce n'est pas parfait. Tu bois trop. Chaque fois que je rentre à la maison, je te trouve saoul.
– Écoute, Adrian, fit Jack, ce n'est pas comme si… comme si j'étais alcoolique. Ça fait un bon moment que je suis au régime sec et… »
Le visage d'Adrian se durcit.

« Okay, okay, dit Jack. Je vais arrêter de picoler. »

Soulagé, Adrian laissa éclater un grand sourire.

« Bon, maintenant, je vais nous préparer un vrai repas. Ras-le-bol de manger froid », fit Jack en se levant et en posant ses grandes mains très près de l'os caché.

Le temps d'un battement de cœur, Adrian crut que son père allait tirer le drap et révéler son secret. Heureusement, il se dirigea vers la porte.

« P'pa, est-ce que tu aurais entendu parler d'un vieux cimetière du côté de Barton's Forest ? Ou n'importe où dans le coin ?

— Barton's Forest ? Un cimetière abandonné ? fit Jack en réfléchissant. Pas à ma connaissance. Le cimetière le plus proche est celui de Milltown, à cinq miles d'ici, mais il est toujours en service. Pourquoi tu me demandes ça ?

— Quoi ? Oh… pour rien, en fait. J'ai un devoir à rendre dans deux semaines sur les vieux cimetières. Alors je me demandais si… »

Adrian se sentit rougir. Il détestait l'idée de mentir, mais il était secrètement impressionné par l'audace nécessaire pour le faire.

Jack sembla étonné par les sujets imposés à la génération de son fils.

« Des cimetières ? J'aurais adoré avoir un sujet de ce genre quand j'étais à l'école. De mon temps, c'était plutôt : *racontez une visite chez votre tante…* Avec des programmes comme ça, vous, les jeunes d'aujourd'hui, vous êtes sûr d'y arriver.

— Ouais, c'est vrai qu'on se la coule douce », répondit Adrian sur un ton sarcastique.

Jack s'arrêta brusquement à la porte. « C'est drôle que tu me parles de ça maintenant. Je me souviens qu'un vieux hibou m'a dit un jour : "Les os sont des auteurs". »

Passablement éberlué, Adrian se redressa dans son lit. « Des auteurs ? Qu'est-ce que tu veux dire, P'pa ?
– Qu'on a tous une histoire à raconter. »

6

Malheureux celui dont les souvenirs d'enfance ne sont que peur et tristesse.

H. P. Lovecraft, *Je suis d'ailleurs*

Dans la chambre à coucher de Judith, à côté de la fenêtre, se trouve une petite boîte ronde qu'elle ne cherche pas à cacher. Occasionnellement, chaque fois que les doutes et les faiblesses parviennent à s'infiltrer dans ses pensées, elle ouvre la boîte et en sort un paquet de Polaroïds. Ces photos montrent un enfant nu, un garçon de moins de dix ans. Son visage est partiellement effacé. Les photos semblent avoir été exposées trop longtemps à la lumière, ou mal tirées. Une ligne blanche sépare en deux le crâne du jeune garçon, un peu à la manière de la vallée arrondie de ses fesses, et contraste avec le reste.

Les photos ont beaucoup vieilli. Contrairement au vin, l'âge ne les a pas améliorées. Elles sont pâles, souvent déchirées, peut-être par des mains nerveuses.

Même maintenant, après toutes ces années, Judith croit qu'elle peut se souvenir clairement du moment où elles ont été prises ; le flash rapide, suivi de leur vomissement par la bouche étroite de l'appareil ; la main qui les secoue pour les faire sécher, puis les dispose sur la table en bois comme pour une réussite.

Elle croit pouvoir se souvenir des pleurs et des gémissements du garçon, terrifié à l'idée de faire le moindre bruit. Elle croit aussi pouvoir se rappeler d'autres choses, mais elle ne préfère pas.

Peut-être est-ce uniquement son imagination qui lui dit qu'elle peut se souvenir de détails aussi infimes, mais elle n'a aucun besoin d'imagination pour faire ressurgir l'odeur de peau mal lavée et l'obscurité d'une pièce soudain illuminée au point de lui faire mal aux yeux, et cette voix douce expliquant au petit garçon que c'est mieux avec de la lumière.

« Viens et regarde-toi. Regarde, ta peau brille comme les étoiles, mon petit lapin. »

7

Les artistes apportent au monde quelque chose qui n'existait pas avant et... ils le font sans rien détruire d'autre.

John Updike, *Writers at Work*

« *Expression Galerie* », annonçait le panneau au-dessus de la porte. « *Propriétaire : Sarah Bryant. Enchères, ouvert tous les jours. Achat et vente de peintures originales.* »

Jack savait que le samedi après-midi était le jour le plus achalandé de la semaine, mais ce qu'il avait à dire à Sarah ne pouvait attendre.

La porte était grande ouverte et il entra. Quelques instants plus tard, il repéra Sarah debout devant un tableau, en pleine discussion avec un Japonais. Elle semblait étreindre le cadre comme si elle voulait désespérément entrer à l'intérieur de la toile. Sa gestuelle et son visage radieux laissaient présager une vente imminente.

Elle fit signe à Jack qu'elle en avait pour une minute.

Ce dernier lui répondit de prendre son temps et, détournant le regard, se balada dans la galerie en examinant les autres toiles.

Moins d'une minute plus tard, elle surgit à ses côtés et lui déposa un baiser sur chaque joue. « Entre dans mon bureau, chéri. J'ai une grande nouvelle.

– Tu ne devrais pas laisser ta porte ouverte, dit Jack d'un air préoccupé. C'est une incitation au vol. La violence augmente et il y a un paquet de types dangereux dans le coin.

– Je sais, mais j'ai ma protection personnelle, n'est-ce pas ? » sourit Sarah en l'entraînant à travers le petit couloir qui menait à son bureau.

Là, elle se dirigea vers une table en acajou et sortit un chèque d'un tiroir.

« Pour toi, chéri, dit-elle en tendant le chèque à Jack.

– C'est une blague, fit-il, un peu ébranlé par le montant. Tout cet argent pour mon dernier tableau ?

– Moins mes vingt pour cent, bien sûr. Qu'est-ce que tu crois ? Que j'organise des ventes de charité ?

– Tu sais combien de temps il m'aurait fallu pour gagner une somme pareille en tant que flic ?

– Tu n'es plus flic, tu es un artiste. Je t'ai toujours conseillé de ne pas te brader et j'ai bien fait, fit-elle avec un rire de gorge. J'espère que ça va t'encourager à laisser tomber ces horribles enquêtes privées pour te consacrer à temps plein à ton art. Bon, quel est ce mystère que tu ne pouvais me confier au téléphone, ce matin ?

– Ce n'est pas facile à dire, Sarah, soupira Jack, mais j'ai l'impression qu'il va falloir cesser de nous voir pendant quelque temps.

– Oh ! Et puis-je savoir pourquoi ?

– Ce matin, j'ai eu une conversation avec Adrian. Je me suis senti comme un salaud. À propos de sa mère... Elle lui manque.

– Bien sûr que sa mère lui manque. C'est normal.

– Je l'ai un peu négligé, dernièrement. Chaque fois que j'ai un moment de libre, je le passe avec toi. Ce n'est pas très juste.

– Je sais exactement ce que tu es en train de me dire et les raisons qui te poussent à le faire, dit Sarah, mais le temps ne serait-il pas venu de te remettre à vivre ? Vas-tu te servir encore longtemps de la mort tragique de Linda comme excuse ? Désolée si ça sonne un peu rude, mais je n'ai jamais été très diplomate ni douée pour le martyre. Ton mariage battait déjà de l'aile quand je me suis pointée. Ne l'oublie pas.

– Je ne t'accuse pas, répondit Jack, sur la défensive.

– Pourtant, ça y ressemble. »

Un silence épais s'établit entre eux. Sarah fut la première à le rompre : « Okay. Je me rends. Si notre relation te rend malheureux, inutile d'en faire une tragédie. Va de ton côté pour l'instant. Je vais te laisser en paix quelques jours pour voir comment tu te sens. Ça te va ?

– Je ne te mérite pas. Tu le sais ?

– Tu n'as probablement jamais prononcé une phrase aussi juste, Jack Calvert », dit-elle en l'embrassant sur les lèvres.

De l'autre côté de la route, à l'abri des regards, une silhouette les regarda sortir de la galerie. Moins d'une minute plus tard, Jack entrait dans sa voiture, mettait le contact et démarrait en faisant un signe d'adieu.

Sarah lui adressa un baiser en retour.

La silhouette serra les poings, les ongles férocement plantés dans les paumes. Quand elle rouvrit ses mains, elles étaient en sang.

8

Comme le chien retourne à ce qu'il a vomi, le sot retourne à sa folie.

Proverbes : 26, 11

Adrian tenta de reconstituer mentalement une carte de la forêt dans l'espoir de repérer le lieu exact de sa trouvaille des jours précédents. En vain. Trop blanc. Trop aveuglément blanc. Dénué de toute forme. Comme un paysage lunaire gelé.

Comprenant que c'était impossible, il se maudit de n'avoir pas marqué l'endroit. Il aurait dû délimiter son territoire en pissant dessus, au lieu de perdre son temps à nettoyer cet os qui, il le souhaitait vraiment, ne pouvait qu'être humain. Il n'y en avait peut-être pas d'autre, après tout. Et, même s'il était humain, il pouvait se trouver là depuis des siècles, non ?

Non. Il était couvert de chair pourrie...

Adrian ouvrit un paquet de cigarettes qu'il avait piqué à son père et s'en glissa une entre les lèvres. Il craqua une allumette sur son jeans et alluma sa clope avec un petit sourire de satisfaction. Il était le cowboy Marlboro dans la Prairie, il était Sean Connery au casino. La cigarette lui donnait le sentiment d'être plus vieux, exactement ce qu'il voulait. Bien sûr, son père péterait un câble s'il le voyait fumer. Les flingues ? Pas de problème, mais les cigarettes... Mortelles, aurait-il dit en cachant l'ironie derrière son visage sévère.

Inhalant profondément la fumée, Adrian imagina son père debout en train de scruter le paysage neigeux, en réfléchissant à la suite des opérations tout en regardant le soleil disparaître derrière les collines. Quand le soir commença à tomber, il se rendit compte qu'il lui restait un bon bout de chemin jusqu'à la route. Il se décidait à partir quand il entendit un murmure quelque part, pas loin.

Qu'est-ce que c'était ? Il sentit quelque chose lui effleurer l'arrière du crâne. Le murmure porté par la brise se propagea le long de ses nerfs et lui fit se dresser les cheveux sur la tête. Tremblant, il laissa tomber sa cigarette dans la neige qui l'engloutit immédiatement.

Le calme. Le murmure avait disparu pour laisser la place à un silence oppressant. Immobile, Adrian écoutait intensément, mais tout ce qu'il entendait c'était le vent qui rebondissait contre les surfaces durcies par le gel en crissant comme des pneus lisses.

Le vent. Ce n'était que ça. Le vent et pas la voix de sa mère lui demandant ce que diable il faisait avec une cigarette volée à son père. Juste le vent qui jouait à lui faire peur.

Le ciel nocturne était étonnamment clair et, malgré la pénombre, teinté de jaune. Il aurait souhaité que le ciel fût assez dégagé pour voir les étoiles, ces étoiles qui, par une nuit glaciale, avaient coupé le souffle de sa mère et l'avaient laissée sans voix sur le chemin de l'église, un dimanche.

Il se souvenait de la manière dont elle s'était immobilisée dans la rue, la bouche grande ouverte, comme si elle venait d'apercevoir un OVNI.

« Qu'est-ce qu'il y a, maman ? avait-il demandé, un peu gêné par les regards des gens.

– Dieu », avait-elle répondu. Puis, sur un ton quasi prophétique : « Quand tu crois que les choses sont devenues trop noires dans ta vie, Adrian, souviens-toi toujours qu'il n'y a que dans la nuit qu'on peut voir les étoiles. »

La neige s'était mise à tomber à gros flocons et les bois autour du lac furent plongés dans le silence. La brise soulevait la neige fraîche en de petits tourbillons blancs, comme si des souris invisibles couraient en dessous. De temps à autre, il entendait une branche ployer sous le poids de la neige et son fardeau tomber sur le sol avec un bruit sourd. Maintenant, à ce moment précis de la nuit, il pouvait apprécier le réseau blême des rameaux figés dans la glace – même si, dans son imagination galvanisée, ils avaient tout l'air d'un champ d'os suspendu dans l'espace.

Résigné à ne pas retrouver l'endroit, il retourna dans la partie la plus occidentale du bois et en sortit au-dessus de Fulton's Bend, près d'une des extrémités du lac gelé, encadrée d'arbres flétris par l'âge.

Qu'est-ce que ça peut bien... ?

Il s'arrêta net. Il lui semblait apercevoir un truc planté au milieu de la glace.

Depuis la rive, il scruta la surface durcie où se reflétaient les rayons de la lune. Qu'est-ce que c'est que ça ? se demanda-t-il en accommodant son regard sur l'objet. Un oiseau ? Une carcasse de mouette prise dans la glace ?

Probablement un cygne, mais il souhaitait se tromper. Il n'aimait pas voir des oiseaux blessés – mais bon, à choisir, entre une mouette et un cygne, il préférait le cygne.

Il se fraya un chemin aussi près que possible en regrettant de ne pas avoir pris les jumelles de son père – même si elles n'auraient sans doute pas servi à grand-chose à cette heure de la nuit. La brume étant moins épaisse que sous les arbres, la visibilité était meilleure. Parfaitement immobile, il s'absorba dans la contemplation de l'étendue figée du lac.

« Un oiseau, certainement, ou une créature de ce genre. Qu'est-ce que ça pourrait être d'autre ? » marmonna-t-il pendant qu'il aiguisait son regard pour jauger l'épaisseur de la glace.

« Ne fais pas ça », lui souffla la voix de la sagesse qui savait bien qu'il ne l'écouterait pas. Il n'était pas allé aussi loin pour laisser l'appréhension vaincre sa curiosité.

Laissant reposer la moitié du poids de son corps sur la terre ferme, Adrian porta lentement l'autre moitié sur la surface gelée et poussa un soupir de soulagement ; il n'avait entendu aucun craquement suspect, et il ne barbotait pas dans l'eau boueuse et froide.

« Okay. Tu as marqué un point. Si tu veux vraiment traverser ce lac à pied, tu peux. Mais tu es bien trop malin pour ça, n'est-ce pas ? »

Retenant son souffle, il avança sa botte droite, la fit passer doucement devant la gauche et testa encore la solidité de la surface. S'il tombait à ce stade, ça ne serait pas trop grave. L'eau lui arriverait à peine à la poitrine.

Doucement… Doucement… Il se déplaçait lentement, de plus en plus confiant. Il avait envie de rire. Quelque chose lui chatouillait l'estomac. L'adrénaline lui enflammait les nerfs.

En s'approchant, il vit que ce n'était pas un oiseau. Pas la bonne forme. Tout faux.

Il voulut revenir en arrière, mais ses yeux lui jouaient des tours, le centre du lac tanguait, roulait.

« Sois ferme, s'encouragea-t-il en gagnant du terrain pouce par pouce. Sois pas trouillard... Ne regarde pas derrière toi. »

Il commençait à avoir des crampes dans les jambes. Avec le froid, il avait l'impression de bouger au ralenti. Il se força à continuer. L'objectif serait bientôt à sa portée.

« Putain de nuit ! » cria-t-il en tombant sur le cul.

Un petit bras émergeait de la glace comme une invitation macabre à lui serrer la main. Mais ce furent surtout les yeux qui lui figèrent le sang. Bleus. On aurait dit de grosses mouches à viande graisseuses qui le fixaient, prêtes à le dévorer. Abasourdi, s'il osait à peine respirer. « Une poupée ! J'ai risqué ma vie pour une putain de poupée... » fit-il, comme soudain rattrapé par la réalité.

Confite dans la glace, la poupée semblait exposée sur un banc de poissonnier. Ses traits, étrangement humains, étaient aussi pâles que le visage fardé de sa mère dans son cercueil.

Reprenant contenance, Adrian se baissa pour palper les petites mains de plastique usées et déchirées par les éléments. Il les tint jusqu'à ce que ses doigts deviennent gourds, insensibles.

Soudain, sans prévenir, la glace se mit à gémir, à bouger sous ses pieds. De minuscules fissures apparurent, courant dans toutes les directions.

« Oh... non... »

D'instinct, il recula en se saisissant du petit bras dans l'espoir de garder l'équilibre.

Le bruit de succion lui rappela celui de l'eau de vaisselle aspirée par la bonde de l'évier tandis que la poupée, telle Lazare, se dissociait de sa gangue de glace et l'accompagnait alors qu'il dérapait, tanguait, tombait comme un ivrogne ou un clown quêtant des rires. Mais il n'y avait rien de drôle à chuter ainsi sur le cul, son corps devenu incontrôlable plaqué sur la glace et ouvrant un trou béant – une fissure assez large pour l'entraîner sous la surface gelée, qui le surprit par sa morsure glacée. En quelques secondes, il avait plongé et l'eau envahissait ses oreilles et à sa bouche, infecte et saumâtre.

Submergé, désorienté dans cette eau sale, il se mit à pousser frénétiquement le plafond de glace en tâtonnant dans le noir pour retrouver, en vain, la fissure par où il était entré.

Pas de panique. Il doit y avoir une sortie.

Mais ses poumons brûlants, prêts à exploser, ne participaient pas à cet effort de pensée positive, au contraire.

Réfléchis, espèce de crétin !

L'eau emplit ses narines, lui inonda la tête. Un cognement sourd résonnait dans sa tête, égrenant un drôle de compte à rebours.

Cinq…

Réfléchis !

Quatre…

Ta gueule !

Trois…

C'est terminé. Inutile de lutter. Ouvre la bouche et laisse l'eau t'emporter…

Il sentit son corps se balancer doucement.

Deux…

Sur sa gauche, une nouvelle lueur attira son regard.

Elle brillait à la manière d'une lampe posée sur la glace, l'attirant tel un papillon vers une flamme.

La poupée flottait sereinement au-dessus de lui comme une bouée. Sa peau de plastique luisait dans le clair de lune, le guidant vers un trou. L'endroit, précisément, où il était tombé. S'il n'avait pas été aussi épuisé, aussi bien mentalement que physiquement, il aurait trouvé cocasse d'être sauvé par la poupée qu'il avait tenté de sauver.

Il émergea du trou en hululant comme un hibou blessé. L'air glacé était délicieux et il le téta si avidement – encore, encore et encore – que sa gorge ne put le supporter. Toussant et suffoquant, il rassembla ses forces, se hissa sur la surface du lac et se mit à ramper jusqu'à la terre ferme.

« Vivant ! Je suis vivant ! »

Étendu de tout son long, ignorant le froid, il continuait d'avaler de grandes goulées d'air. C'était délicieux, meilleur que ce qu'il avait jamais goûté.

Adrian sut qu'il fallait bouger rapidement et rentrer chez lui sans tarder pour passer des vêtements secs s'il voulait éviter d'attraper la mort. C'est alors qu'il aperçut une silhouette inquiétante dans l'épaisseur des bois. C'était une femme – il en était presque certain –, blanche comme un spectre et qui le regardait.

Il se mit à courir aussi vite que le froid le lui permettait. À courir aussi vite qu'il pouvait pour fuir cette femme dans les bois.

9

> *Si nous ne trouvons pas des choses agréables, nous trouverons du moins des choses nouvelles.*
>
> Voltaire, *Candide*

Il est des gens qui apprennent à vivre dans l'adversité ou, du moins, à éviter d'aggraver un problème par un autre. À cet égard, Charlie Stanton représentait un échec singulier, et cette nuit ne semblait pas devoir être différente d'aucune autre de ses nuits de galère, le vent s'apprêtait à virer à la tempête et les premiers grêlons bombardaient en rafales son crâne chauve et nu.

Ce temps pourri convenait parfaitement à l'humeur de Charlie en ce qu'il reflétait sa recette du matin, à peu près égale à zéro. Il n'avait pas fait grand-chose en mendiant autour de l'église, si ce n'était exposer sa triste figure aux fidèles du dimanche. « Enfoirés de radins », avait-il murmuré à chacun des paroissiens qui l'avait croisé en ignorant ses invitations bredouillantes à aider un homme mourant de faim. Un salopard avait même eu le putain de culot de lui tendre une putain de boîte de petits pois. Des petits pois ! Enfoiré de radin.

Le plan initial de Charlie était de se dégotter un abri dans le terrain vague autrefois occupé par des hôtels miteux, des bistrots graisseux et des bars douteux. Il se rappelait avoir eu un repas et quelques verres pas très loin de l'endroit où il se trouvait à présent, quand l'époque était encore propice, particulièrement pour lui, Charlie Stanton. Il pouvait même se rappeler avoir pris une chambre dans l'un des motels – Alexander's, qu'il s'appelait, à l'époque –, en compagnie d'une belle de nuit, deux jours après avoir perdu son boulot sur les quais. Il cherchait consolation dans la baise et la gnole, et n'avait pour finir trouvé que des poches au réveil, la dame et son portefeuille s'étant fait la malle de conserve.

Maintenant, les immeubles étaient en ruine et leurs carcasses précaires servaient de refuge aux sans-abri et aux hors-la-loi. Un seul restait à peu près intact, épargné par la nature ou les promoteurs, silhouette vaguement menaçante, blême et inhospitalière : l'orphelinat Graham.

L'orphelinat avait fait partie du paysage urbain pendant des décennies, il avait même servi de décor pour un film tiré d'un livre de Dickens. Au sommet de sa gloire, il avait abrité plus d'une centaine d'enfants, mais des chicaneries légales avaient empêché le propriétaire de procéder aux restaurations indispensables, et le grand bâtiment avait continué à se dégrader.

Le froid devenait pinçant, obligeant Charlie à presser le pas. Tout en évitant soigneusement les flaques glissantes de boue et de neige, il avait dans l'idée de trouver rapidement un abri dans le vieil immeuble. L'alcool ayant émoussé ses souvenirs, il avait des difficultés à se repérer dans le noir. Les restes d'un pinard bon marché lui réchauffait encore les veines, mais il savait bien que ce n'était qu'une question de temps avant que le froid ne s'empare totalement de lui.

Charlie accéléra le mouvement, terrifié à l'idée de finir comme Ben Mullan, découvert dans une banlieue, raide, gelé, à côté d'une benne à ordures, les pieds à moitié bouffés par les rats et les renards.

Ramenant vivement le col de son manteau sur ses oreilles, Charlie se mit à fredonner une chansonnette pour ne pas penser à l'angoisse qui lui dévorait les tripes : « *Quand Jack Gelée se pointe – Oh, que c'est drôle ! Il joue des tours à tout le monde. Il te pincera le nez – Il est si malin ! Mais fais gaffe, gaffe, ou c'est la bite qu'il t'chop'ra...* » Les paroles le faisaient rigoler. « *Jack, sacré salopard, tu n'pourras pas – arghhhhhh...* » Il passa à travers les volets de bois pourris d'une cave, des échardes plein le visage, piqué de partout de grosses pointes, et s'écrasa au sol en se cognant violemment la tête.

Ensuite, les ténèbres...

Impossible de dire combien de temps il demeura inconscient. S'il avait été sobre, il serait probablement mort.

« T'aurais pu t'casser le cou, crétin », s'admonesta-t-il en cherchant désespérément à s'orienter. Il trouva une allumette et parvint à la frotter. Pendant une seconde, la petite flamme dissipa l'obscurité, assez pour apercevoir, exactement au-dessus de sa tête, un panneau rouillé accroché à un clou : « *Mettre le linge sale dans les paniers. Séparer les draps des taies d'oreillers. Tout manquement sera puni.* »

« Bien, m'sieur. J'vais mettre de l'ordre dans une minute. J'voudrais pas m'faire punir dès mon premier jour, m'sieur. Et vous voudriez pas m'embrasser le cul, m'sieur ? rigola Charlie. T'es un sacré veinard, Charlie

Stanton, d'atterrir comme ça sur une pile de chiffons merdeux, histoire d'amortir ta chute. »

Il craqua une autre allumette et s'extirpa du grand panier à linge en métal. De vieux papiers jaunis jonchaient le sol. Il en saisit un et se confectionna une torche, qu'il alluma. L'air était chargé d'une odeur de vieux pneus et de pisse de chat. Mais il y avait aussi une autre odeur, une puanteur que Charlie connaissait sans pouvoir l'identifier. Il fouilla sa mémoire, cherchant à se remémorer tout à avec quoi il avait été en contact dernièrement, mais sans parvenir à rassembler le puzzle.

Du coin de l'œil, il perçut un mouvement à l'autre bout de la pièce. Des rats. Ils semblaient le lorgner dans l'ombre, leurs yeux jaunes brillants, leurs dents aiguisées, prêts à mordre.

« Allez vous faire foutre, sales bâtards ! » Charlie agita sa torche en direction des rats, jouissant de son pouvoir à les faire disparaître – jusqu'au moment où ils se regrouperaient et rassembleraient assez de courage pour l'attaquer. « J'ai déjà eu affaire à des enfoirés plus futés que vous, salopards. J'suis ici pour rester. Alors, dégagez et allez vous geler le cul ailleurs ! »

Il avança, le visage balayé par des toiles d'araignées. Il les brûla avec la torche, les écouta griller, heureux d'exercer ses pouvoirs dans son nouveau royaume. Il se pencha, rassembla assez de papier pour une autre torche plus épaisse et inspecta les lieux à la recherche de vieux morceaux de bois ou de n'importe quoi d'autre, pourvu qu'il puisse allumer un petit feu, se réchauffer et se sentir un peu de sécurité.

En s'accroupissant pour ramasser un peu de petit-bois, il vit quelque chose danser à la lumière, dans un coin. Ça ressemblait à un être humain, une personne agenouillée en train de prier.

« Qui est là, putain ? cria-t-il, inquiet. Avance… Et pas de connerie, hein ? Je suis armé, j'ai un putain de couteau. Allez ! Sors de là, putain, et tout de suite ! »

Debout, là, comme ça, il avait l'air aussi empoté qu'un poulet décapité essayant à grand-peine d'empêcher la merde de jaillir de son cul pelé. Ses mains tremblaient tellement qu'il faillit lâcher la torche et se retrouver dans le noir face aux rats. Il aurait donné cher pour un peu de piquette, quelque chose pour lui calmer les nerfs, pour regonfler son courage.

La silhouette refusa d'obéir aux ordres de Charlie. Le vieux clodo crut entendre des voix derrière lui, et son cerveau mit le turbo. Et s'ils étaient deux à lui tendre une embuscade, à vouloir le tuer pour lui piquer ses godasses ? « Reculez, salopards ! » À son grand soulagement, une bande de rats déguerpit en bousculant des boîtes de conserve vides.

Il saisit une brique avant de se risquer plus loin. « J'ai une petite goutte de pinard, camarade, souffla-t-il. Ça t'dit d'la partager par une nuit froide comme celle-ci ? Ça t'réchauff'ra un peu et… » Il balança la brique aussi fort qu'il le pût. Elle cogna quelque chose et rebondit violemment.

En entendant des os se briser, il se rua en avant en hurlant à tue-tête : « Salopard ! Salopard ! Salopard ! » et plongea sur la silhouette. Dans l'action, il laissa tomber la torche fumante.

La puanteur dégagée était insupportable. « Oh, merde… ! » grogna-t-il en s'apercevant qu'il était en train de se battre avec un cadavre en décomposition. Toutefois, en bon opportuniste, il se sentit tout excité à l'idée que le macchabée pouvait cacher un secret – un secret d'argent, la face sombre du bénéfice, quelque chose de profitable pour Charlie Stanton.

Il se glissa à côté du cadavre en repoussant les haillons pourris qui lui avaient dû lui servir de vêtements et que remplaçait maintenant un épais réseau de toiles d'araignées. Il ne restait guère plus de l'horrible corps que des os et des lambeaux de peau.

Charlie s'aperçut qu'il était nu et avait probablement été abandonné là complètement nu. Un bout de tige métallique dépassait de l'anus. On aurait dit une espèce de godemiché. « Putain... C'est salement dégueulasse... » siffla-t-il en se demandant si c'était du cuivre.

Il enjamba rapidement le corps et se mit à fouiller dans la pile de haillons entassés dans un coin. Qui sait ? Peut-être que le type – était-ce un homme ? – avait laissé autre chose qu'une bite de ferraille plantée dans son cul ?

Il continua à chercher de ses doigts agiles en évitant soigneusement de regarder le visage du macchabée ou, du moins, ce qui en restait. « Putain de fauché de merde, fit-il, quelques minutes plus tard, obligé de reconnaître que non, cette nuit, la chance n'était pas avec lui. Enfoiré de bâtard fauché... » rajouta-t-il en se tournant vers le cadavre pour mieux l'insulter, quand il constata qu'il n'avait plus de tête.

Quoique ce misérable saligaud ait fait, il ne méritait pas ça, se dit Charlie en rendant tripes et boyaux, avant de s'éloigner de la scène maintenant souillée de son propre vomi. Sûr, il préférait de beaucoup continuer à se les geler dehors plutôt que d'avoir à passer la nuit avec un putain de cadavre décapité.

10

> *Il n'est rien qui soit pour un homme plus infinie torture que ses propres pensées.*
>
> John Webster, *Le Démon blanc*

La sonnerie du téléphone retentit plusieurs fois dans le bureau de Jack pendant qu'il étudiait le dossier d'une femme soupçonnant son mari d'infidélité. Elle lui demandait d'enquêter et de lui fournir, si possible, des photos.

« *Espèce de feignasse*, dit la voix à l'autre bout du fil. *Il te faut combien de temps pour décrocher ce putain de téléphone ?*

— Benson ? sourit Jack. Tu dois vraiment être dans la merde. Qu'est-ce que t'as encore fait ?

— *Très drôle. Ne me dis pas que tu as oublié ?* demanda Benson, meilleur ami et ex-collègue de Jack. *C'est pas vrai... Je peux pas le croire. Il a vraiment oublié. Quel putain de sacrilège ! Notre droit de naissance, notre pèlerinage annuel, notre unique chance de sortir une fois par an de cette putain de ville puante et oubliée de Dieu, et il a* oublié *?*

— Comment aurais-je pu oublier une chose aussi

importante que la pêche ? J'ai horreur de ça, mais je vais être obligé de te décevoir. Adrian a pris un gros coup de froid. Il est tombé dans un lac gelé il y a deux nuits de ça, un truc à y rester.

– *Tu vas quand même pas en faire un drame, Jack. Tout le monde sait qu'Adrian est aussi coriace que son père. Pas le genre à se laisser arrêter par un petit rhume.*

– Je lui transmettrai ta sympathie... Pour être honnête, je suis submergé d'affaires...

– *Submergé, toi ? La nouvelle de ton départ à dû filtrer dans tous les trous à rats de la ville. Les crimes violents ont augmenté d'au moins cinq pour cent ! Je suppose que tu as entendu parler du cadavre découvert dans le vieil immeuble Graham, du côté de Clifton street ?*

– L'orphelinat désaffecté ? Non, qu'est-ce qui s'est passé ?

– *Un vieux clodo qui cherchait un abri s'est trouvé nez à nez, si je puis dire, avec un corps décapité et décoré d'un god planté dans les os du fion.*

– Décapité ? »

Jack se dit que la ville était en train de payer cher son image de capitale : à grande ville, grandes maladies.

« *Tranché net, selon Shaw. L'endroit aurait dû être rasé depuis longtemps pour laisser la place au nouveau périphérique, mais un procès a tout arrêté. Depuis, c'est un putain de bidonville qui abrite tous les déchets de la société. Ils ont la loi pour eux et ils la connaissent mieux que nous, les salauds. Dès que tu essayes de les virer, ils se mettent à gueuler au charron contre les brutalités policières.* »

La voix de Benson suintait le mépris. Jack connaissait assez son ex-collègue pour savoir que, dans son monde, tout était blanc ou noir, jamais gris. C'était eux ou nous.

« Je parie que William Wilson adore ce genre de publicité, sourit Jack en imaginant la tête de son ancien patron, de plus en plus rouge à chaque apparition à la télé.

– *Le salaud est dans la dénégation*, dit Benson. *Il accommode la réalité en fonction de ses ambitions politiques.*

– Allons, allons. Pas de dissensions dans les rangs, Inspecteur Benson, rigola Jack. Le superintendant Wilson ne le tolère pas. Et nous savons tous que ce que le Superintendant Courageux ne supporte pas, il s'en débarrasse.

– *On n'aurait jamais dû laisser ce sale trouillard te pousser à la retraite anticipée*, fit Benson après un long silence.

– Personne ne m'a forcé à quoi que ce soit. Je voulais partir. D'ailleurs, c'est la meilleure chose qui me soit arrivée. Maintenant, je suis mon propre patron.

– *Ouais, je note que tu n'as pas ajouté l'adjectif prospère*, se moqua Benson.

– Ne te moque pas. Ça prend du temps. Un de ces jours, tu travailleras pour moi.

– *Dommage que tu ne t'appelles pas Hedges. T'imagines la pub gratuite que ça nous ferait ?* »

Ils éclatèrent de rire.

Le poids de Benson fit grincer son fauteuil. Quand il revint en ligne, sa voix avait des accents de conspirateur :

« *On murmure en ville qu'un certain ex-inspecteur a été vu assez souvent en compagnie d'une galeriste fortunée.*

– Pas étonnant que les crimes ne soient plus résolus. On ramasse un corps sans tête et toi tu ne penses qu'aux ragots.

– *Et comment un type comme toi est-il arrivé à se taper un aussi joli morceau ?* demanda Benson, ironique.

– Sarah a vu une de mes toiles chez Chester, sur Lisburn Road. Elle l'a suffisamment aimée pour pister l'artiste et le débusquer.

– *Et comment mon filleul prend-il la chose ?*

– Je n'ai encore rien dit à Adrian. De toute façon, il n'y a rien sérieux. Platonique et totalement professionnel.

– *Platonique ta mère !* ricana Benson. *Tu peux toujours dire que c'est professionnel si ça t'amuse... L'important, c'est que vous soyez prêts, Adrian et toi, samedi prochain à trois heures du mat'. J'ai le putain de sentiment que, ce coup-ci, on va attraper une quantité record de...*

– Tu dis ça chaque année et tout ce qu'on chope, c'est un rhume. Wilson a plus de chance de résoudre le mystère de l'orphelinat que nous d'attraper un putain de poisson.

– *À la semaine prochaine, homme de peu de foi* », fit Benson en raccrochant.

Jack retourna à son dossier sur le soi-disant mari adultère. En vain. Il avait beau se concentrer, ses pensées revenaient toujours à un cadavre sans tête.

11

> *Prenez bien garde à votre conduite ; qu'elle ne soit pas celle d'hommes sans sagesse, mais de sages qui mettent à profit le temps présent, car les jours sont mauvais.*
>
> Éphésiens 5 : 15-16

Jeremiah entra dans la boutique en ignorant le regard étonné qui chiffonnait le visage de son ami. C'était très inhabituel, chez lui, d'être en retard le lundi. En fait, Harris ne se souvenait même pas que ce soit jamais arrivé.

Il avait l'air défait, comme un vieux meuble usé par l'âge. Il murmura d'incohérentes excuses et se retourna immédiatement vers un client.

« Qu'est-ce qui t'arrive, ce matin ? demanda Harris en fermant pour le déjeuner. On dirait que tu n'as pas fermé l'œil. Je parie que c'est cette grippe. On dirait bien que tout le monde l'attrape… Tu devrais prendre des vitamines. C'est toujours bon, les vitamines. » Comme pour le prouver, Harris posa sur sa langue une poignée de petites pilules colorées qu'il se mit ensuite à mâcher en produisant un bruit agaçant.

« Oui, grimaça Jeremiah, je crois que je suis un peu à plat. »

Harris sortit un journal de la poche de son manteau et se mit à le feuilleter. Un instant plus tard, il le posa sur ses genoux et regarda Jeremiah.

« La nuit dernière, j'ai pensé au tueur, là, vivant dans notre ville. Ça fout les jetons, non ? »

Jeremiah était assis, l'œil vide.

« Jeremiah ?

— Quoi ? demanda-t-il comme s'il sortait de transe. Tu m'as parlé ?

— Je dis que ça fout les jetons de penser que le tueur de cette petite fille est ici, en ville, peut-être deux rues plus loin, dans une pension de famille.

— Pourquoi t'obstines-tu à penser qu'elle est morte ? Et qu'est-ce qui te fait croire que quelqu'un d'ici l'a tuée ?

— Cette nuit, j'ai pensé à tous les tarés qui traînent dans le coin depuis qu'on a ouvert cette pension de famille bon marché. C'est le repère des SDF et des dérangés du ciboulot. Pas étonnant que les rues soient dangereuses. Katrina – Dieu protège son âme – doit se retourner dans sa tombe en voyant ce qu'est devenue la ville. »

Manifestement, Jeremiah n'écoutait plus. Il balayait les touffes de cheveux et les alignait en petit tas avant de les fourrer dans la poubelle en plastique.

« Comme tu le sais, Jeremiah, je suis contre la peine de mort, mais je n'aurais aucun remords à pendre le genre d'ordure qui a tué cette gosse. Le sang appelle le sang. Peu importe si cet appel se nourrit de la violence.

— Est-ce que ça va être *le* sujet de conversation de la journée, demanda Jeremiah d'une voix légèrement énervée.

— Tu te souviens du cinglé qui s'est pointé ici il y a deux semaines ? continua Harris. Celui qui n'a pas dit un mot, même quand je lui ai accidentellement entaillé l'arrière du cou ? Non ? Moi, je m'en souviens. Il vit dans cette pension de famille. J'ai remarqué qu'il pouvait à peine se regarder dans la glace quand je lui ai demandé s'il était content de sa coupe de cheveux. C'est le signe d'une conscience coupable, sans aucun doute. »

Jeremiah continuait de balayer.

« Changeons de conversation, Joe. J'ai horreur des histoires d'enfants disparus. Et je me demande bien pourquoi tu t'y intéresses. En quoi ça te concerne ?

— Okay, comme tu veux. Allez, tête de lard, dit Harris en tapotant le fauteuil. Grimpe là-dessus, je vais te mettre de bonne humeur. »

Sans enthousiasme, Jeremiah lâcha son balai et prit place dans le fauteuil. Harris sortit une serviette encore fumante de l'étuve et en entoura le visage de son associé. C'était un petit rituel qu'ils effectuaient l'un pour l'autre, généralement le soir, après l'élagage du dernier client. Fait dans les règles de l'art, c'était mieux qu'un massage.

« Je peux le faire tout seul, Joe. Je ne veux pas te faire manquer tes précieux chevaux. J'aurais dû être à l'heure, ce matin.

— Laisse tomber, ferme ton bec et détends-toi. De toute façon, je ne viens pas demain. C'est l'anniversaire de Katrina. Je serai au cimetière presque toute la journée pour désherber. Ça fait un moment que j'y suis pas allé, ça doit être une vraie jungle. »

La serviette était un vrai délice. Par petites tapes, Joe la plaqua sur tout le visage de Jeremiah, jusqu'à ce qu'elle forme un vrai masque de tissu.

Jeremiah adorait cet aspect du boulot. Pour dire la vérité, c'était un des grands moments de sa vie. C'est à peine s'il entendit la voix étouffée de Joe alors qu'il se laissait glisser dans un demi-sommeil.

« Je vais attendre que les flics reviennent et je leur dirai ce que je pense de cette pension et de tous ces...

— Les flics ? Quels flics ? demanda Jeremiah d'une voix amortie par la serviette.

— Oh, les flics qui sont venus ce matin. Simple routine. Ils faisaient du porte-à-porte au sujet de la fillette. Ils ont dit qu'ils reviendraient, probablement dans la semaine, pour savoir si tu te souviens de quelque chose. Je leur ai dit que tu te souviendrais probablement de rien. La seule chose que tu te rappelles, c'est les gens qui te doivent des sous », rigola Joe.

Les mains de Jeremiah s'étaient mises à trembler. Il chercha soudain à se débarrasser de la serviette, il suffoquait. Il avait l'impression qu'un serpent était en train de s'enrouler autour de son cou.

12

La colère du lion est la sagesse de Dieu.
La nudité de la femme est l'œuvre de Dieu.

William Blake,
Le Mariage du Ciel et de l'Enfer

Jack contempla le tableau, satisfait des progrès qu'il avait accomplis. Chaque coup de pinceau faisait vivre une mosaïque de couleurs, révélant un nu exotique composé de nombreux fragments d'animaux et d'insectes. Les oreilles en forme d'ailes de papillon jaillissaient de la cascade de cheveux noirs ; le nez, froncé de plaisir, était celui d'un petit campagnol. Les yeux d'un chiot figuraient les seins.

Ce serait un tableau tout à fait spécial. Il l'était déjà. Même loin d'être terminé, c'était ce qu'il avait fait de mieux jusqu'ici.

La sonnette, à l'entrée, interrompit ses pensées.

« Sarah ? demanda-t-il en ouvrant la porte. Qu'est-ce que tu fais ici ?

— Cache ta joie, Jack. Tu n'as pas l'air précisément content de me voir. Je passais juste te dire que je m'absente pour une semaine au moins. Je pars à

Galway et Dublin pour présenter les œuvres d'un nouvel artiste. Oh, j'oubliais : j'emporte aussi deux toiles d'un ingrat saligaud.

– Tu aurais dû téléphoner, dit-il un peu gêné, et t'épargner le trajet.

– Au cas où je serais tombée sur Adrian, tu veux dire ?

– Bien sûr que non, mentit-il.

– Menteur. Bon, tu as le numéro des deux hôtels. Tu ne les as pas oubliés, j'en suis sûre. Si tu veux me parler, tu n'as qu'à décrocher, ajouta-t-elle en faisant demi-tour.

– Sarah, attends, marmonna Jack en l'attrapant par le bras. Entre un moment. Je vais te faire du café. »

Elle jeta un coup d'œil sur sa main, puis sur son visage avant de sourire.

« Tu veux vraiment que je souille ton foyer ?

– Ton soi-disant sourire pourrait trancher du verre, fit Jack. Tu ferais un malheur en salle d'interrogatoire.

– Ne me tente pas », dit-elle en se dépouillant de son manteau.

Pendant qu'il s'affairait autour de la machine à café, conscient de la présence d'Adrian à l'étage, Jack avait le sentiment d'être un cambrioleur dans sa propre maison.

« Oh, Jack… C'est magnifique, souffla Sarah devant le nouveau tableau. C'est… stupéfiant !

– Tu crois ?

– Je ne crois pas, je sais. C'est horrible, mais magnifique.

– Est-ce que ça veut dire que tu l'aimes et que tu le détestes en même temps ?

– C'est choquant… presque pervers… Je l'adore, chéri. Bon Dieu ! Attends un peu qu'ils voient ça à la galerie. C'est absolument génial.

— J'en sais trop rien. La grandeur d'un tableau réside dans sa faculté à maintenir l'effet de surprise, à révéler quelque chose de nouveau chaque fois qu'on le regarde, sourit Jack. Le temps nous dira si...

— Je t'ai menti, coupa Sarah.

— Pardon ?

— Samedi, je t'ai dit que, si notre relation devait te rendre malheureux, je n'en ferais pas toute une histoire. Nos trois jours de séparation m'ont paru aussi longs que trois semaines, dit-elle en l'embrassant passionnément sur la bouche et en s'attaquant avec vigueur aux boutons de sa chemise.

— Hé ! je viens juste de l'acheter », fit-il en riant tandis qu'elle déchirait le tissu.

Quelques secondes plus tard, elle s'acharnait sur sa ceinture en la maudissant pour son manque de bonne volonté.

« P'pa, j'ai besoin d'un peu d'argent pour... »

Adrian se tenait dans l'embrasure de la porte et regardait son père.

« Tu sais bien qu'il est interdit d'entrer quand la lampe rouge est allumée ! cria Jack en essayant de se donner une contenance.

Adrian regarda son père, puis Sarah.

« Elle n'était pas allumée ! » hurla-t-il avant de faire demi-tour et de claquer la porte derrière lui.

13

Dans le cauchemar des ténèbres…

W.H. Audren,
In memory of W.S. Yeats

Jeremiah essayait de dormir, mais des gémissements angoissés l'en empêchaient. Il se glissa hors de son lit et, sur la pointe des pieds, s'engagea dans le couloir jusqu'à la chambre de Judith.

Son cœur battait la chamade à l'idée qu'elle puisse le surprendre en train de l'épier. Sûr que ça barderait. Il portait encore la cicatrice d'une récente rencontre nocturne où elle l'avait accusé de l'espionner.

Raide sur son lit, Judith s'agitait en grognant des choses incompréhensibles. Son visage était baigné de sueur.

En dépit de sa frousse, Jeremiah sentit ses mains s'avancer vers elle, cherchant désespérément à la réconforter, à la libérer de son cauchemar.

Toujours le même : des yeux, des centaines d'yeux, si grands qu'ils mangeaient les visages gris de leurs propriétaires, en train de rire, de mater. Et une voix, l'assurant que, ce soir, elle donnerait son meilleur spectacle, que l'auditoire y comptait beaucoup.

On ne va pas décevoir le public, n'est-ce pas ?

Non... Non, monsieur...

Jamais ?

Non...

Parfait. Il est temps ! Que ce soit le meilleur spectacle de ta vie. Et, pour ton bien, fais en sorte qu'il surpasse celui de la nuit dernière. Sinon...

Il s'empare de la trique de métal

Non ! S'il vous plaît... J'étais malade, la nuit dernière. Je vais briller ce soir, tous les soirs. J'en fais le serment...

Parfait. Et nous tenons toujours nos promesses, n'est-ce pas ?

Oui... Oui, toujours.

Parfait, dit-il à nouveau et, d'un coup de trique, il lui éclata la tête comme une tomate pourrie.

Elle jaillit brusquement du sommeil, le souffle aussi lourd que si on lui avait posé une enclume sur la poitrine, les yeux dardant les ténèbres.

Peu à peu, son visage s'apaisa. Pour l'instant, le cauchemar était parti. Elle reposait, à l'affût des bruits extérieurs, les narines chatouillées par l'odeur de Jeremiah. Il était venu, encore, pour l'épier.

« Jeremiah ? » appela-t-elle en se redressant sur le lit.

De l'autre côté de la porte, Jeremiah sentait son cœur faire des bonds. Est-ce qu'elle l'entendrait partir s'il tentait de s'échapper ?

« *Jeremiah* ? siffla-t-elle avec impatience. Je sais que tu es là, que tu m'entends. Ta puanteur plane encore dans ma chambre. Va prendre une douche. *Tout de suite.* »

Quand il entra docilement sous la douche, une minute plus tard, Jeremiah fut d'abord pétrifié par le froid.

Grinçant des dents et le souffle court, il se raidit quand l'eau glacée lui percuta la figure, descendit le long de sa poitrine creuse et lui inonda les orteils. Il se mit à aspirer de l'air, l'engourdissement s'emparant peu à peu de son corps. « *Hhhhhsssss* », souffla-t-il en se mordant les lèvres pour empêcher ses dents de claquer.

« Le froid fait du bien, pontifia Judith en ouvrant d'un coup sec le rideau de la douche. Ça tue les germes et les cochonneries, n'est-ce pas ? »

Elle tenait un balai, le genre de ceux qu'on utilise pour nettoyer les rues, les poils aussi menaçants que les aiguilles d'un porc-épic.

« Ouiii… fit-il alors que ses dents jouaient des castagnettes.

— Tourne-toi vers le mur. Je ne tiens pas à voir ta pathétique face de rat. »

Jack se tourna docilement vers la blancheur du carrelage. Blanc comme la neige ; blanc comme des os.

Avec une douceur presque maternelle, Judith posa les poils contre son cou en pressant juste assez pour faire apparaître des marques rouges sur la peau. Tremblant de terreur et d'excitation, Jeremiah attendait la suite.

« Tu… »

Avec une force délibérée, elle égratigna son dos des épaules aux chevilles en passant par les fesses.

« mérites… »

En grinçant des dents, elle replaça le balai dans sa position initiale.

« chaque… »

Une fois de plus, le balai entreprit son voyage sanglant, fouettant la peau et laissant de fins lambeaux de chair derrière lui.

« coup… »

Jeremiah exhortait ses jambes flageolantes à tenir.

Les ongles plantés dans les joints des carreaux, il s'efforçait de garder son équilibre. Des traînées de sang souillaient l'horrible blancheur de la cabine de douche.

Le brossage se poursuivit cinq minutes encore et laissa le dos de Jeremiah comme une toile peinte à coups de fouet rageurs.

« Regarde-toi, siffla Judith, muet et soumis comme un misérable moine offrant en expiation ses péchés à un dieu sourd. » Levant son balai comme une lance, tout sanglant et orné de morceaux de chair, elle ajouta : « Tu es attentif, mais tu ne te souviens jamais de rien, tu entends, mais tu n'écoutes jamais rien. Je t'interdis de lire ces journaux de merde. Compris ? »

Sur le point de perdre conscience, Jeremiah acquiesça en tremblant de tout son corps.

« Et ne reviens jamais dans ma chambre. Jamais, c'est compris ? » Elle posa le manche du balai entre ses fesses flétries et fit pénétrer le bois dans le sillon.

« Oui... Oui, j'ai compris... Vraiment... »

Elle retira le balai et quitta la pièce.

Jeremiah offrit son dos à l'eau glacée pour faire disparaître le sang. Ça brûlait comme l'enfer, mais, quand sa main s'aventura vers son pénis, il s'aperçut, à sa grande et délicieuse surprise, qu'il se dressait comme les petits pains chauds que sa mère lui préparait quand il rentrait de l'école. Quelques secondes, plus tard, il éjacula. Il regarda son foutre et son sang se mêler et filer vers les canalisations en souhaitant que ses péchés puissent s'évanouir aussi facilement.

14

*Jusqu'à ce que le soleil froidisse,
Et les étoiles vieillissent,
Et que les pages du Livre s'épanouissent.*

Bayard Taylor, « *Bedouin Song* »

« Je cherche des livres sur les os », indiqua Adrian à la jeune employée qui se tenait derrière le bureau de la bibliothèque sur Royal Avenue. Un petit groupe tuait le temps en lisant les journaux du matin, avant de prendre le bus qui les ramèneraient chez eux avec leurs cargaisons de provisions.

« Les os ? Quel type d'os ? demanda la bibliothécaire. Si vous voulez parler des os de dinosaures, nous en avons quelques-uns sur…

– S'il vous plaît, ma belle, intervint un vieux monsieur en se glissant entre Adrian et le bureau – il avait l'air inquiet et brandissait un exemplaire de l'*Irish News* du jour. Je voulais vous dire que quelqu'un, certainement pas moi, a déchiré le coupon de pain gratuit. Une sacrée honte. Il a laissé un grand trou en plein milieu des infos locales. Ce n'est pas moi. Je vous le dis juste au cas où quelqu'un m'accuserait d'un truc que je n'aurais jamais fait. Vous me connaissez. Je viens tous les mardis. Est-ce que je suis du genre à faire un truc pareil ?

— Ne vous en faites pas, sourit la jeune fille. Je vais le signaler et faire en sorte qu'on en achète un autre. »

Le vieux monsieur lui retourna son sourire, laissa les restes du journal sur le bureau et s'en fut en emportant son sac à provisions.

Adrian jeta un coup d'œil sur le périodique. Juste au-dessus de l'emplacement du coupon se trouvait la photo d'une fillette. Son bras gauche et un morceau de sa robe avaient été déchirés par le voleur.

« Désolé, dit la bibliothécaire. Les vieilles personnes se tracassent pour pas grand-chose. Il pique le coupon tous les mardis sans que nous disions quoi que ce soit... Bon, qu'est-ce que vous cherchez, déjà ? Des os, non ? De dinosaures, je suppose ?

— Humains.

— Humains ? Hmm... laissez-moi réfléchir, fit-elle en tapotant sur le clavier de son ordinateur. Nous avons l'*Anthologie médico-légale pour les débutants*. Joli titre, non ? Voulez-vous que j'aille voir si nous l'avons en stock, ou préférez-vous chercher un autre livre ?

— Non, c'est parfait. Dites-moi juste si vous avez un exemplaire disponible, répondit Adrian en louchant sur le journal pour lire l'article. *La fillette a disparu depuis maintenant plus de trois ans...*

— Vous avez de la chance. Nous en avons un exemplaire. Deuxième étage, référence 237TH. »

Adrian se sentit défaillir en voyant ce que la petite fille tenait dans sa main droite. Une poupée aux traits étranges le fixait depuis le papier. Le visage du jouet le mit mal à l'aise, mais ses yeux lui firent l'effet d'un coup de poing dans l'estomac. On aurait dit de grosses mouches à viande.

15

Certain renard voulut, dit-on,
Se faire loup. Hé ! Qui peut dire
Que pour le métier de mouton
Jamais aucun loup ne soupire ?

Jean de la Fontaine,
Le Loup et le Renard

« La police est venue au salon, hier matin. Ils ont interrogé Joe à propos de la petite fille disparue. »

Assise dans un coin obscur de la pièce, Judith était à peine visible. Jeremiah se demanda si elle l'avait entendu ou si elle était plongée dans une semi-transe.

« La police est venue…
– J'ai entendu.
– Il dit qu'ils vont revenir me poser les mêmes questions », ajouta-t-il en se raidissant.

Judith se leva et marcha jusqu'à lui. Dehors, le vent rassemblait ses forces en vue d'un nouvel assaut contre la maison.

« Pourquoi t'en faire ? N'es-tu pas plus intelligent qu'un simple officier de police ? Leur faiblesse, c'est le système et leur confiance en eux. Mais nous savons que c'est faux, aussi faux que le Dieu en qui tu croyais autrefois. Pas vrai ? dit-elle en posant les mains sur sa tête en guise de bénédiction.

– Si.

– Je ne t'entends pas.

– Si. Tu as raison. Comme toujours. »

Elle pressa très fort les mains contre son crâne.

« Le doute peut nous détruire. Il est comme l'ennemi qui frappe à la porte. Veux-tu laisser entrer l'ennemi ?

– Non… répondit Jeremiah en gémissant de douleur sous la pression brûlante de ses doigts.

– Le doute est encore là. Je peux le respirer, le sentir dans ma bouche… »

Sa voix devint rauque et ses doigts le sondèrent plus profondément encore, comme des aiguilles chauffées à blanc s'insinuant dans son crâne en une douleur aussi exquise qu'insupportable.

« Non, il n'y a pas de doute, parvint-il à articuler.

– J'ai un plan, dit-elle en lui prenant le menton. Mais, pour qu'il réussisse, tu dois être fort. Es-tu fort, Jeremiah ? »

Dans la rudesse habituelle de sa voix, il perçut comme un grain de gentillesse.

« Quelle sorte de plan ? Que veux-tu que je fasse ? Je ne suis pas aussi fort que toi, tu sais. Personne ne l'est.

– Est-ce que tu m'aimes ? » demanda Judith en l'embrassant doucement. Quand elle s'écarta, les lèvres de Jeremiah lui brûlaient.

« Tu sais combien je t'aime. Tu es ce que j'ai de plus précieux sur cette terre. Mais quel est le plan ? dit-il en se redressant pour lui toucher le bras. Que puis-je faire ? »

Les minutes suivantes, la voix de Jeremiah glapit toute une série de questions haletantes pendant que celle de Judith y répondait d'un ton ferme et résolu, les noyant sous le flot de ses arguments. Finalement, c'est lui qui succomba.

« Okay, soupira-t-il. Je ferai ce que tu me demandes.
– N'importe quoi ?
– Oui, n'importe quoi.
– Bien, murmura-t-elle. Alors, écoute attentivement… »

16

Il n'y a pas d'ensembles de vérités, toutes les vérités sont des demi-vérités. On essaie de les traiter comme un ensemble de vérités, c'est le jeu du diable.

Alfred North Whitebread, *Dialogues*

Il comprenait maintenant qu'il n'avait pas seulement eu tort de ne pas parler des os à son père, il avait eu *dangereusement* tort. Il aurait dû lui faire part de ses soupçons, même si cela lui avait alors semblé ridicule.

C'était grâce à la photo, la veille à la bibliothèque, qu'il avait compris. La photo de la poupée.

Pourtant, malgré sa résolution de tout dire, la colère continuait à lui peser sur l'estomac. Après l'avoir aperçu, deux jours plus tôt, en compagnie de cette horrible femme, il avait désiré la punir, la faire souffrir. Croyait-elle vraiment pouvoir prendre la place de sa mère ? Si c'était le cas, elle était aussi bête que laide.

« Adrian ? demanda Jack depuis le salon. C'est toi ?

– Je mange un morceau », répondit Adrian en tartinant son pain de confiture de fraise.

Il avait mis au point son affaire. Quand son père

aurait entendu et vu les faits, il n'aurait pas d'autre choix que de mener une enquête. Il la résoudrait comme il en avait résolu de nombreuses autres. La police voulait qu'il réintègre son poste. Mieux, ils le suppliaient de revenir. Il se débarrasserait alors de cette femme et la vie de famille recommencerait comme avant.

« J'ai besoin de te parler, fils », dit Jack en apparaissant sur le seuil de la cuisine.

Adrian faillit en laisser tomber le pot de confiture. La photo dans la bibliothèque l'avait effrayé, mais ce n'était rien en comparaison de la voix, extrêmement solennelle, de son père.

L'os. Il a trouvé l'os. Il est en colère. J'aurais dû lui dire avant. À présent il ne voudra plus m'écouter. Il ne me fera plus jamais confiance.

« Écoute, P'pa, j'étais sur le point de te le dire. C'est juste que...

– Dans le salon », fit Jack en tournant les talons.

Merde, il est vraiment en rogne.

Adrian suivit son père, prêt à une solide engueulade.

« P'pa, laisse-moi t'expliquer. C'est moins grave que tu crois. C'est seulement...

– Laisse-moi parler, s'il te plaît. J'en ai besoin. »

Docilement, Adrian s'assit sur le canapé en face de son père.

« Je suis désolé pour l'autre soir, pour ce que tu as vu, dit Jack d'une voix crispée.

– La lumière rouge n'était pas allumée, insista Adrian. Autrement, j'aurais frappé.

– Je sais. Je n'aurais pas dû te gronder... Ce sont des choses qui arrivent, Adrian, des choses spontanées qui... Enfin, ça vous prend ici ou là, dit Jack en rougissant de plus en plus. Peut-être aurions-nous dû nous montrer plus discrets, mais parfois les choses se font... »

Adrian sentit l'angoisse palpiter dans son estomac comme un vol de minuscules chauves-souris.

« Cette femme... Tu ne vas pas la laisser... Tu ne vas quand même pas lui permettre de prendre la place de maman !

– Sarah n'en a pas l'intention, fit Jack en secouant la tête. Il faut que tu le comprennes. Elle n'en a jamais eu l'intention.

– Il faut que tu t'en débarrasses, P'pa. Je ne lui fais pas confiance.

– Tu ne la connais pas, fils. Sarah est une femme bien. Ne juge pas quelqu'un sur le simple fait que...

– Tu veux dire que tu ne vas pas t'en débarrasser ?

– Non, dit Jack.

– Maman te haïrait si elle savait que tu t'apprêtes à installer cette femme dans...

– Assez, assez avec ta mère... Assez avec la culpabilité, compris ? Je me suis suffisamment crucifié moi-même, je n'ai pas besoin que tu viennes y rajouter tes clous ! »

Adrian reçut ces mots comme une gifle.

« Qu'est-ce que tu veux dire par "crucifié toi-même" ? Ce n'était pas de ta faute. C'était cet ivrogne qui conduisait. C'était...

– Ce n'est pas si simple, fils. Je n'ai jamais trouvé le moyen de te le dire, fit Jack en déglutissant comme s'il cherchait à déloger quelque chose de sa gorge. Je me suis torturé pendant des mois, à juste titre sans doute, mais le moment est venu d'affronter la réalité. »

Le visage d'Adrian s'assombrit. Il n'avait jamais vu son père aussi incertain, aussi angoissé.

« Quand ta mère a été tuée... Quand elle a été tuée et que je t'ai dit qu'elle avait été tuée par un ivrogne...

– Quoi, P'pa ? Qu'est-ce que tu veux me dire ? »

Jack était maintenant blanc comme un linge.

« Le conducteur saoul, c'était moi… »

Ce fut comme si tout le sang du cerveau d'Adrian venait d'être siphonné. Il voyait la bouche de son père bouger lentement et les mots en sortir physiquement, égrenés par cette même sale bouche.

Le… conducteur… saoul… c'était… moi… moi… moi…

« Adrian ? Adrian ! »

Son père le secouait pour le réveiller. Un mauvais rêve, tout ça n'était qu'un mauvais rêve. Il était en retard à l'école. Voilà tout.

« P'pa… ?

— Je suis désolé, fils. Je n'arrivais pas à te le dire. Je…

— Tu as tué maman…

— C'était un accident. J'ai fait un écart pour…

— Tu l'as tuée ! Tu as tué maman pour pouvoir te mettre avec cette femme !

— Quoi ? Non, c'est faux. C'était un terrible accident…

— Tu l'as tuée.

— Un tragique accident, fils. Fais-moi confiance. J'ai fait tout ce que j'ai pu…

— Tu mens.

— Je suis navré. Si seulement…

— Maman et toi, vous m'aviez dit que vous me feriez confiance jusqu'au jour où vous auriez des raisons de ne plus le faire. Tu t'en souviens ?

— Je sais que ça doit…

— *Tu t'en souviens ?*

— Oui, je m'en souviens », fit Jack, battu.

Rassemblant toutes ses forces, Adrian poussa son père contre le mur.

« Je ne te ferai plus jamais confiance. Éloigne-toi de moi ! Je te hais ! »

En une seconde, Adrian était dehors, courant droit devant lui dans la lueur du crépuscule.

Moins d'une heure plus tard, la pire tempête des dix dernières années devait s'abattre sur lui.

17

C'est par le rasoir du barbier qu'il est soumis.

John Milton, *Samson Agonistes*

Les lumières du salon de coiffure étaient éteintes, à l'exception de la pièce du fond où Joe et Jeremiah avaient coutume de discuter affaires.

« Ça fait un bon petit paquet de fric, Jeremiah », sourit Joe en passant la liasse à son associé.

Jeremiah regarda Joe, puis le paquet, sans faire un geste.

« Allez, l'encouragea Joe, arrête de faire semblant d'être gêné. Je sais que c'est une question de fierté. Je suis juste heureux d'être en mesure de vous aider, Judith et toi, à dépasser cet ennui d'argent passager.

– J'aurais préféré une autre solution, dit Jeremiah en s'emparant des billets.

– Arrête tes conneries, fit Joe sur le ton de la plaisanterie. Tu aurais dû m'en parler avant. Mon banquier a fait la grimace, c'est sûr, au dernier moment. Fais juste gaffe en rentrant chez toi. Ces ordures de la pension se baladent de plus en plus en ville.

– Tu n'imagines pas ce que ça représente pour Judith.

– Ne tombe pas dans le sentiment », fit Joe en lui expédiant une tape dans le dos avant d'ouvrir la petite armoire à pharmacie et d'en sortir une bouteille de whiskey. Je sais pas toi, mais je me taperais bien un coup de raide. Ça te dit ? » demanda-t-il joyeusement, sachant que Jeremiah ne buvait jamais.

Comme de juste, ce dernier fit signe que non.

Tout un assortiment de comprimés rangés dans la même armoire suivirent une gorgée de whiskey au fond de la gorge de Joe. « Je te le dis, Jeremiah, rien de tel que les vitamines pour venir à bout d'un rhume. Une bonne rasade de raide ne te ferait pas de mal non plus. »

Jeremiah sortit de la pièce, baissa les stores et prépara la serviette chaude. Il tripota la radio jusqu'à trouver une station étrangère qui passait du jazz. La salle s'emplit de notes bleues. Il connaissait le morceau mais fut incapable de se souvenir de son titre.

« Ah ! Mon trône m'attend », fit Joe en riant.

Il s'installa dans le fauteuil et s'envoya un second whiskey derrière la cravate.

« Quoi qu'on en dise, Jeremiah, c'est la belle vie : un bon rasage, de bons potes et un bon whiskey. »

Jeremiah ne répondit pas. Il retira la serviette fumante de l'étuve et la posa délicatement sur le visage de son copain.

Dehors, la neige tombait de plus en plus dru…

18

*Je regardai, et voici, parut un cheval d'une couleur verdâtre
Celui qui le montait se nommait la Mort
Et le séjour des morts l'accompagnait.*

Apocalypse 6 : 8

Au début, Adrian avait cru que le vent soufflerait fort et lui cinglerait la peau. En fait, étrangement, tout était parfaitement calme, et il sentait son corps s'engourdir peu à peu. L'averse de neige s'abattait drue et humide, les flocons tombaient droits comme si la scène tout entière avait été peinte en blanc ou enfermée dans une boulaneige.

La neige qui lui entrait dans les yeux commençait à altérer sa vue, tordant, rapprochant ou éloignant les distances, si bien qu'il quitta la route puis le sentier qui bordait le lac. L'obscurité rampait partout et sa colère, peu à peu, faisait place à l'inquiétude. Il avait peu de chance de retrouver son chemin. Pas dans ces conditions. Le mieux pour lui serait de se réfugier dans la grange du vieux Stapleton. À quelle distance pouvait-elle se trouver de là où il était ? Y parviendrait-il à temps ?

Jack atteignit la grange de Stapleton alors que la neige se mettait à tomber plus fort encore. Il priait Dieu – mais surtout sa femme morte, Linda – pour qu'Adrian y soit déjà, au chaud dans le foin. Il se rappelait encore le jour où son fils à cause d'une mauvaise note à un examen de géographie, s'y était caché pendant plus de deux heures.

Jack descendit de voiture en hâte et éclaira de sa torche le vieux bâtiment. Les premières constatations n'étaient pas encourageantes. La ruine avait été clôturée et rien n'indiquait qu'on en eût forcé l'entrée.

N'apercevant aucun moyen d'y pénétrer, il retourna à sa voiture et sortit un levier du coffre. Ainsi équipé, il s'acharna sur la vieille porte comme si la vie d'Adrian en dépendait.

Sois là, fils. S'il te plaît. Pour moi.

« Adrian ! cria-t-il quand la porte commença à céder. Es-tu là, Adrian ? C'est moi. Papa. Allez, fils. Réponds-moi. Ne me fais pas ça. »

Mais cela n'avançait pas assez vite, alors il abandonna le levier dans la neige pour déchiqueter à mains nues le bois pourri.

Sois là... sois là...

Enfin, dans un dernier mouvement de pression, il parvint à dégager un trou assez grand pour se glisser à l'intérieur, se déchirant au passage les vêtements et la peau. Révélés par le faisceau de la lampe, les rats se réfugièrent à l'abri. À travers les planches brisées filtrait un air frais et sec, chargé d'une odeur de renfermé, l'odeur du vide.

Il inspecta l'endroit par deux fois, à la recherche d'une trace de la présence d'Adrian. En vain.

Il se rua vers sa voiture et s'empara de son mobile. Peut-être Adrian était-il rentré ? Il écouta la sonnerie retentir interminablement dans le vide. Il aurait donné n'importe pour entendre Adrian décrocher et le traiter de tous les noms. Insulte-moi si tu veux, mais sois là...

À la place, sa propre voix lui répondit, l'enjoignant de laisser son nom et son numéro, et l'assurant qu'il serait bientôt de retour.

« Adrian ? Adrian ? Es-tu là, fils ? Décroche ce téléphone... »

Il appela son bureau, dans le vague espoir qu'Adrian y serait.

Il lança violemment sa voiture en marche arrière, écrasa le champignon de toutes ses forces sans penser à allumer ses phares. Le véhicule fit une embardée dans le noir et manqua d'extrême justesse de percuter un arbre. « Vas y, tue-toi. Au point où t'en es... »

Il rebroussa chemin en suivant scrupuleusement sur ses propres traces et, sans trop savoir pourquoi, prit la direction de Barton's Forest.

Bien qu'à peine perceptible dans la blancheur aveuglante, Adrian devina le mufle de la voiture. Au début, il crut que c'était un fantôme. Ça ressemblait à un sanglier métallique labourant avec frénésie le sol pour trouver de la nourriture.

Les phares glissèrent sur la surface enneigée et s'immobilisèrent à quelques pas de l'endroit où il gisait, fatigué, affamé et tremblant.

La police. C'était ça. Son père avait dû les appeler et lancer une recherche. Il se sentit soulagé, bien que toujours furieux. Tout ce qu'il voulait pour l'instant, c'était retrouver un intérieur douillet, une soupe chaude et son lit.

Il essaya de bouger et gémit de douleur. Ses articulations étaient gelées jusqu'à la moelle. Il sentit la morsure de la neige entassée sur sa peau. Elle l'envelopperait bientôt complètement. Adrian était terrifié.

« Par ici… » coassa-t-il en essayant en vain de lever une main.

Une silhouette masculine approchait en faisant crisser la neige sous ses bottes.

« P'pa… ? »

L'homme s'accroupit et se mit à l'observer comme s'il était un insecte exotique. Il y avait quelque chose de bizarre dans sa façon de changer d'angle pour mieux l'examiner.

« J'ai des couvertures dans l'auto, dit l'homme en l'aidant à se dégager de son cocon blanc. Qu'est-ce que tu fabriques dans la forêt par un temps pareil ? Tu aurais pu y rester. Tes parents savent où tu es ? »

Malgré la neige qui l'aveuglait, Adrian lui trouva un air familier. Il l'avait déjà vu, sans parvenir à situer où ni quand. Récemment, en tout cas.

« Comment tu t'appelles ? demanda l'homme en l'installant dans sa voiture.

– Adri… Adrian, répondit-il en claquant des dents.

– Tu vas bientôt te réchauffer les os, Adrian. Le chauffage va te faire du bien, ne t'inquiète pas. »

Ce n'est qu'alors qu'Adrian remarqua le carré de lino roulé à l'arrière de la voiture et la pelle posée dessus comme le fusil d'un soldat tombé au combat.

Soudain, il se souvint de l'endroit où il avait vu cet homme étrange.

« Je me souviens… Je me souviens de vous », marmonna-t-il.

Malgré le chauffage à fond, sa peau refusait de se réchauffer.

– Tu crois ? fit l'homme en lui jetant un coup d'œil ennuyé dans le rétroviseur.

– Oui… Mon coiffeur était fermé, et c'est vous qui m'avez coupé les cheveux… une horreur… Vous m'avez demandé en criant de fermer la porte pour garder la chaleur. Je me souviens… Vous m'avez même donné un bonbon… »

L'homme saisit alors une seringue et, avec une parfaite désinvolture, l'enfonça dans le cou d'Adrian.

« Qu'est-ce que c'est… ? Pourquoi avez-vous fait ça ?

– Un médicament. Ça va t'aider à combattre le froid. Pour l'instant, j'ai un boulot à finir. Ferme les yeux et dors. Tu seras bientôt chez toi.

– Comment… Comment vous appelez-vous ? demanda Adrian dont les paupières devenaient de plus en plus lourdes.

– Je suis un ami. Jeremiah. »

Adrian sentit son corps s'avachir. Sa tête dérivait quelque part dans l'espace.

« Jeremiah ? Comme le crapaud ?

– Le crapaud ? répéta Jeremiah. Non. Le prophète… »

Soudain, Jack vit la voiture qui lui fonçait dessus.

Debout sur les freins, il vira à droite toute. Trop tard. L'autre véhicule l'avait déjà percuté sur le côté, l'envoyant bouler dans un mur de neige.

Étourdi et légèrement blessé, Jack sortit de voiture pour constater les dégâts. Un de ses feux arrière avait disparu, pulvérisé comme une coquille d'œuf.

« Connard », marmonna-t-il en regardant les feux arrière de l'autre disparaître, avalés par la nuit.

19

> *Tu vas chez les femmes ? N'oublie pas le fouet.*
>
> Friedrich Nietzsche,
> *Ainsi parlait Zarathoustra*

Adrian sentait sa tête bourdonner. Sans avoir jamais goûté à l'alcool, il était certain d'avoir ce que son père appelait la gueule de bois. Il se frotta les yeux. Même après avoir éliminé les croûtes qui lui cimentaient les paupières, il mit du temps à focaliser son regard sur ce qui lui parut être un environnement obscur.

« Où suis-je ? » balbutia-t-il.

Il voulut bouger, mais son corps était aussi mou que si on lui avait enlevé tous les os. Heureusement, il se réchauffait lentement.

À sa grande gêne, il découvrit qu'à part une mauvaise couverture qui le grattait, il était nu.

Respire lentement, Adrian. Tout va bien. Ne panique pas. C'est l'hôpital. Le docteur ou l'infirmière seront là dans une minute. Pas de panique.

Quelque part sur sa droite, il entendit des bruits. Des petits cris bizarres, comme des gémissements de bébés. De quoi lui filer la trouille. Était-il dans un service pour enfants ?

« Il y a quelqu'un ? » souffla-t-il.

Quelques secondes plus tard, une femme émergea de l'ombre comme par enchantement. Ses longs doigts tenaient une cigarette dont la lueur éclairait partiellement son visage. Elle semblait l'étudier. Exactement comme l'homme dans la forêt.

« Est-ce que… est-ce qu'on est à l'hôpital ? Êtes-vous… une infirmière ? Pourriez-vous me dire où je suis, s'il vous plaît ? »

Elle l'ignora et laissa sa cigarette se consumer entre ses doigts avant de l'écraser sous son pied nu.

« Depuis combien de temps suis-je ici ? »

La voix d'Adrian s'étrangla quand il vit l'objet qu'elle tenait dans la main : un rasoir coupe-choux, humide et terrifiant, couvert d'un sang épais comme de la confiture.

Il était maintenant évident qu'il était vraiment dans un hôpital, un hôpital pour cinglés, et cette femme était une des patientes. Elle avait l'air d'une folle. Avait-elle l'intention de le tuer ?

« Qui êtes-vous ? Où est l'homme qui m'a trouvé, celui qui dit être un prophète ? Vous le connaissez ? »

Il y eut un moment de silence glacé durant lequel la femme le regarda comme un chat qui s'apprête à fondre sur un oiseau.

Quand elle parla, les cheveux d'Adrian se dressèrent sur sa tête.

« Un prophète ? siffla-t-elle en souriant. Non, mais je connais le Diable, et il pourrait bien te faire saigner les yeux. »

20

> *C'était la saison de l'obscurité... C'était l'hiver du désespoir...*
>
> Charles Dickens, *Conte de deux villes*

L'expérience avait appris à Jack que les douze premières heures – et non vingt-quatre comme dans les films – étaient capitales quand il s'agissait de retrouver une personne disparue. C'est pénétré de cette effrayante certitude qu'il poussa la porte du commissariat de police.

Salué par ses vieux potes, il se dirigea vers le bureau de Benson. La porte entrouverte laissait filtrer la grosse voix du flic.

« J'ai besoin du rapport tout de suite, Claude. Tu devais... » Il s'interrompit un instant. « Écoute, c'est pas le moment de me balancer tes remarques sarcastiques... » Il écrasa violemment le récepteur sur son berceau avant de lever les yeux sur Jack.

« Cet enfoiré de Shaw m'a raccroché au nez. Putain, je le hais.

– Mais, non. Tu admires sa suprématie de verrat.

– Café ? marmonna Benson. Il en reste un peu. Du presque frais.

– Non, merci. J'suis déjà bourré de caféine. T'as déjà quelque chose ? As-tu activé la Child Rescue Alert comme je te l'ai demandé ?

– Jack, je suis aussi affecté que toi, fit Benson d'un air gêné. Mais tu connais la procédure et les quatre critères indispensables pour mettre en route une mesure aussi extrême. Le seul que nous ayons, c'est qu'Adrian a moins de seize ans.

– Faux. Deux : un policier de haut rang – toi – est certain qu'il y a un sérieux danger de mort. Trois : l'enfant a été kidnappé, et quatre : le dossier contient suffisamment de détails sur l'enfant pour lancer l'alerte. De plus, comme nous le savons l'un et l'autre, ces quatre critères sont parfaitement subjectifs. Alors, qu'est-ce qui te retient ?

– Wilson annulera l'ordre. Il pense qu'Adrian a fait une fugue.

– J'emmerde Wilson et tous ceux qui sont de son côté ! Adrian n'a pas fait de fugue. C'est de mon fils et de ton filleul que nous parlons. Ne me sers pas ton boniment officiel, okay ? Je ne suis pas d'humeur.

– Tu sais aussi bien que moi que les ados fuguent pour un millier de raisons, y compris des soucis à l'école ou des problèmes à la maison. Au point où nous en sommes, rien ne permet de prendre en compte une explication plus grave.

– Tu peux activer l'alerte quand la vie ou l'intégrité physique de l'enfant enlevé est directement menacée.

– Rien ne dit qu'il ait été enlevé. À moins que tu ne m'aies caché quelque chose ?

– J'ai besoin que tu actives cette alerte, réitéra Jack, ignorant la question.

– Je sais ce qui se passe dans ta tête en ce moment, mais…

– Comment peux-tu savoir ce que je ressens, putain ? Je te le répète, Adrian n'est pas un fugueur. C'est compris ? J'ai besoin que ce bulletin d'alerte soit déclenché maintenant. Chaque seconde gaspillée ne fait qu'augmenter les risques.

– Calme-toi… Okay ? Est-ce que tu t'es disputé avec lui récemment ?

– Vas-tu le faire ? Oui ou non ? »

Un sentiment d'abattement envahit le visage de Benson.

« Je vais prévenir tous les personnels d'être sur le qui-vive, mais ce sera tout tant qu'on n'aura rien de neuf. Pas de Child Rescue Alert pour l'instant.

– Pour l'instant, répondit Jack sur un ton plus calme.

– Bien. Maintenant, à ton tour de donner. Tu n'as toujours pas répondu à ma question. Vous êtes-vous disputés ces derniers jours, Adrian et toi ? Est-ce que tu lui as parlé de cette femme… comment s'appelle-t-elle déjà ? Plus nous en saurons, mieux ça vaudra. Tu le sais mieux que personne. »

Jack regardait derrière Benson une photo encadrée : tous les deux, souriant de part et d'autre d'un attirail de pêcheur.

« Sarah. Elle s'appelle Sarah et, si tu veux tout savoir, Adrian nous a surpris.

– Surpris ? Tu veux dire au pieu ?

– Non. Rien de si grave.

– Est-ce que tu te rends compte qu'Adrian pense

probablement que Sarah cherche à prendre la place de Linda ?

– Bien sûr que je m'en rends compte. Et que pendant que tu restes assis à jouer les psychiatres, Adrian s'enfonce de plus en plus profond dans un tunnel.

– Écoute, Jack. Avec Wilson, je marche déjà sur des œufs. Toute initiative personnelle pourrait me faire sauter pour insubordination. Sitôt qu'Adrian aura faim, il sortira du bois. N'est-ce pas ce qu'il a fait, il y a deux ans ?

– Harry… Je lui ai tout raconté à propos de l'accident. »

Le sang se retira du visage de Benson aussi vite qu'il se leva pour fermer la fenêtre.

« Putain, t'es sérieux ? dit-il en portant sa carcasse massive contre le chambranle.

– Je n'avais pas le choix. Je ne pouvais plus vivre sur un mensonge, pas avec Adrian.

– J'ai risqué ma place pour te couvrir et c'est comme ça que tu me renvoies la balle ? »

Benson reprenait des couleurs rapidement. Il était même maintenant d'une belle nuance pourpre.

« Je sais ce que tu as fait et, dans les mêmes circonstances, j'en aurais fait autant pour toi. Mais on a eu tort. J'aurais dû avoir assez de couilles pour reconnaître ce que j'avais fait, mais j'ai été lâche et le costume de lâche ne me va pas. »

– Tu aurais dû y penser avant de te mettre au volant, Jack. Avant que je m'implique pour sauver tes miches. J'aurais pu y laisser mon job, ma retraite et tous mes putain d'avantages. Sans compter ce salaud de Wilson, pendu à mes couilles pour m'expédier en taule !

– Tu n'as pas besoin de me le dire. J'ai tout compris des conséquences de nos actes. Je me suis flagellé chaque seconde depuis la mort de Linda. Elle ne voulait même pas monter dans la voiture... C'est moi qui l'ai persuadée de ne pas s'en faire, qu'on était à moins d'un kilomètre de la maison... Il faut que je retrouve Adrian, Harry. Ça me tue de ne pas savoir où il est. Je le connais. Il n'a pas fugué... Pas comme ça... »

Benson ferma les yeux quelques instants. Quand il les rouvrit, il avait l'air fatigué.

« Jack, tu ne connais plus Adrian. Tu viens de lui dire que tu as tué sa mère. Bon Dieu, mec ! Adrian est en colère et il va te le faire payer très cher. Il va te faire transpirer.

— Transpirer ? J'ai déjà sué du sang, Harry. Il ne me reste plus rien à transpirer. »

La porte s'ouvrit brutalement sur un homme qui serrait un gros cigare entre ses dents. Des années de colères rentrées avaient donné à son visage un air de folie meurtrière permanente. L'excès de chair de son visage lui faisait une bouche boursouflée et des doubles mentons énormes et flasques.

« Qu'est-ce que vous foutez dans mon quartier général, Calvert ? éructa le superintendant William Wilson en faisant danser son cigare.

— Simple visite, monsieur, répondit Jack en essayant de masquer son mépris et son humeur.

— Vous n'avez pas le droit d'être ici. Vos jours glorieux sont derrière vous, *Monsieur* Calvert. Je vous ordonne de vider les lieux immédiatement. À moins, bien sûr, que vous ne désiriez visiter une de nos cellules. »

Jack lui sauta dessus et le saisit fermement à la gorge.

« Espèce de merde ambulante. Le jour où tu me mettras en cellule, j'aurai déjà cessé de respirer », sifflat-il en cherchant à enfoncer le cigare allumé dans la bouche de Wilson – et il y serait sans doute parvenu sans l'intervention rapide de Benson.

« Fous le camp pendant que tu le peux encore ! rugit Wilson en crachant des morceaux de tabac. Je fais te faire surveiller, *Monsieur* Calvert. Tu peux en être sûr. Une autre connerie, juste une. Ensuite, tu seras à moi... »

21

> « *Impossible de faire autrement, dit le Chat, nous sommes tous fous ici. Je suis fou. Tu es folle.*
> *– Comment savez-vous que je suis folle ? demanda Alice.*
> *– Tu dois l'être, répondit le Chat, autrement tu ne serais pas venue ici.* »
>
> Lewis Caroll,
> *Alice au pays des merveilles*

« Adrian, dit-elle en faisant rouler son nom dans sa bouche comme si elle en aimait le goût. Tu es le très joli garçon du lac. Je t'ai vu, je me demandais si tu étais perdu. Tu m'as vue aussi, n'est-ce pas ?
– Je... »
Son esprit le reporta quelques jours plus tôt, quand il avait bien failli mourir dans les eaux puantes et glacées.
« Je pensais... Je croyais que vous étiez ma mère, mais elle est morte...
– Pauvre enfant, dit Judith en lui caressant le visage. Depuis combien de temps est-elle morte ?

– Presque un an... C'est mon père qui l'a tuée. Il voulait vivre avec quelqu'un d'autre.

– Tuée ? Comment ? dit Judith dont les yeux brillèrent faiblement.

– Il conduisait sa voiture. Il m'a toujours dit que c'était quelqu'un d'autre, un ivrogne étranger à la ville. Il l'a accusé, chargé de tout... tout ça pour pouvoir vivre avec une autre femme.

– C'est affreux. Est-ce qu'il te bat en te laissant la peau esquintée comme celle d'un fruit pourri ? Est-ce que c'est pour ça que tu es parti ?

– Me battre ? Non... Non, il ne m'a jamais touché.

– Peut-être l'a-t-il fait sans que tu t'en aperçoives. C'est facile.

– Je ne sais pas de quoi vous voulez parler, dit Adrian que ces questions commençaient à troubler.

– Pas de problème. Nous partagerons nos secrets plus tard. »

Du bout des doigts, elle lui peigna les cheveux en arrière, ils se redressaient comme des épis noirs.

« Je n'ai pas de secret, insista Adrian.

– Nous avons tous des secrets, répondit-elle en souriant.

– Depuis combien de temps suis-je ici ?

– Deux jours. Tu as été très malade. Tu aurais pu attraper une pneumonie tout seul, dans la neige. Si je n'avais pas été là. Je peux te renvoyer chez toi tout de suite si c'est ça que tu veux.

– Je... Je sais pas, marmonna Adrian.

– As-tu déjà chassé le dragon ? demanda Judith en secouant doucement la tête.

– Je ne crois pas. C'est quoi ? Qu'est-ce que vous voulez dire ? »

En souriant toujours, Judith sortit d'une petite boîte

en bois la feuille d'aluminium contenant l'héroïne et un petit réchaud. Elle posa le tout sur le plancher et se pencha vers Adrian. « Tout a commencé à Hong Kong, bien avant ta naissance, dit-elle en ouvrant la feuille, révélant la substance brune avant d'allumer le réchaud. Ça s'appelle "*chui lung*", ce qui veut dire "chasser le dragon". La fumée en spirale ressemble à une queue de dragon. Monsieur Spittle m'y a initiée alors que j'étais très jeune. Il m'a aussi appris pas mal d'autres choses. »

Adrian sourit, mal à l'aise. Apparemment, elle s'apprêtait à lui raconter un conte de fée un peu noir.

« Qui est Monsieur Spittle ?

– Tu vois comme elle part en ondulant ? » demanda-t-elle, ignorant sa question.

Curieux, Adrian se pencha et examina les mains de Judith. La poudre brune s'était liquéfiée assez rapidement, ondulant en effet comme un serpent – ou un dragon – dans les plis de la feuille.

« Tout le monde ne peut pas chasser le dragon, continua Judith. Tu dois apprendre, il faut qu'on t'enseigne. »

De la boîte, elle sortit un petit tube de métal.

Fasciné, Adrian regarda Judith placer le tube entre ses dents et aspirer la fumée qui s'élevait de la feuille d'aluminium.

En observant son visage qui, dans l'obscurité, paraissait de plus en plus étrange, Adrian sentit son estomac se nouer. Il se sentit à la fois attiré et effrayé quand elle s'inclina vers lui, pressa ses lèvres contre les siennes et les força de sa langue pour exhaler la fumée dans sa bouche. Ça avait un goût étrange ; un goût sombre, un goût d'interdit.

« Avale-le, fais-le voyager dans ton corps, laisse-le te brûler, te faire saigner les yeux... »

En quelques secondes, la fumée l'avait engourdi. Elle lui paralysa les membres le temps de quelques battements de cœur. Il écouta le souffle du dragon pénétrer dans ses poumons et entonner une chanson silencieuse. Il voulut retenir la chanson, quelque chose à propos d'un crapaud, mais sa mémoire était devenue nuageuse.

« Ta mère te manque ? »

La tête lui tournait, mais d'une agréable manière.

« Oui. Beaucoup.

– Je peux être ta mère, murmura Judith, les yeux plissés par la concentration. Je peux te protéger, t'aimer comme jamais tu n'as été aimé. Tu n'aimerais pas ? »

Les mots se bloquaient dans sa gorge, la peau de son cou le picotait. La couverture glissa de ses épaules, le laissant à demi-nu. Il ne fit pas un geste pour se couvrir et, à sa grande surprise, n'en fut pas gêné.

« Tu n'aimerais pas ? répéta-t-elle, les yeux luisant de toutes leurs pupilles, noires et dangereuses, comme une invite à les rejoindre.

– Si », coassa-t-il en sentant son entrejambe se raidir tandis que la couverture continuait à glisser jusqu'à l'exposer tout entier.

Judith se leva, arracha ses vêtements et le couvrit de son ombre. L'espace d'un instant, Adrian entrevit le V sombre et poilu de son bas-ventre.

Approchant la chaise, Judith vissa une aiguille sur une seringue qu'elle remplit de liquide. « C'est la reine de tous les dragons », murmura-t-elle en posant l'aiguille sur son sein gauche.

Elle tapota doucement le téton pour le faire durcir avant de s'injecter le liquide.

Adrian ne s'était jamais senti aussi bien de sa vie. Rien n'avait plus d'importance, comme si chagrins et soucis avaient été siphonnés. Il était délicieusement bien tandis qu'elle s'approchait et lui ouvrait doucement les jambes, les seins posés sur son visage, les tétons contre ses lèvres.

« Suce, haleta-t-elle en lui caressant amoureusement les cheveux. Suce le pouvoir du dragon. »

Hypnotisé par ses paroles, Adrian se mit à sucer doucement les tétons dressés au léger goût de vinaigre.

« Bien. Très bien, l'encouragea-t-elle. Suce plus fort. Ils n'attendaient que toi. Ils vont t'instiller une nouvelle vie. Ils vont t'emmener à un endroit que ton imagination n'aurait jamais pu atteindre. »

Docilement, sa bouche s'activa plus fort, comme un porcelet sur une truie.

« Bon petit cochon », murmura-t-elle en haletant.

Adrian sentit qu'on touchait son pénis, comme les doigts invisibles d'un fantôme. Il perçut la voix de Judith à travers lui et faillit mourir de plaisir et d'excitation, ses doigts jouaient sur son sexe maintenant dur et légèrement collant au milieu de son petit nid de poils bouclés.

« C'est parfait », souffla-t-elle. Il sentit son corps se poser sur le sien et faire glisser sa raideur dans sa moiteur.

Les veines du cou de Judith se mirent à battre et à palpiter comme si d'invisibles mains l'étranglaient. Plus elle se frottait à lui, plus ses yeux roulaient au fond de leurs orbites et plus les parois de sa chatte se resserraient.

Adrian n'avait jamais rien connu de semblable. C'était violent, magnifique, elle avait donné vie à son pénis, elle désirait qu'il devienne une part d'elle-même.

Sans prévenir, elle plaça ses doigts le long de ses fesses et le guida vers des profondeurs interdites. Et, comme il croyait que tout était fini, elle fit pénétrer ses doigts dans son cul.

« Oui, baise-moi, baise-moi », gémit-elle en jouissant à nouveau.

Si Adrian avait songé à regarder sur sa gauche, à l'endroit où la lune grimpait contre la fenêtre, il aurait pu voir le prophète, assistant pour la première fois à un orgasme de Judith, le visage tordu par la jalousie et la haine.

22

*Même le plus noir de tous, la corneille,
Rend de bons services...*

Henry Wadsworth Longfellow,
Les Oiseaux de Killingworth

Haletant, les mains tremblantes, Jack composa le numéro de téléphone du bureau de Benson.

« *Benson*, dit une voix plate à l'autre bout du fil. *Que puis-je pour vous ?*
– Espèce d'enfoiré ! Tu pourrais déjà commencer par m'expliquer pourquoi vous avez dit à la presse que je m'étais disputé avec Adrian ! »

Il brandissait l'article du journal. C'était en page huit. Un compte-rendu, court mais détaillé, sur un adolescent de la région, Adrian Calvert, disparu depuis vendredi à la suite d'une fugue provoquée par une dispute avec son père.

« *Jack, Jack, calme-toi. Je n'ai pas...*
– N'essaye pas de te disculper, putain de salopard... Mon fils a disparu et tout ce que tu trouves à faire, c'est couvrir ton gros cul en laissant filtrer dans ces putains de journaux que je me suis disputé avec lui. Je

croyais te connaître, Harry. Tu as toujours été solide comme un roc. Qu'est-ce qui t'arrive, bordel de merde ?

— *Si tu voulais bien te calmer et m'écouter une minute... J'ai été obligé de faire un rapport à Wilson. Quelqu'un lui a cafardé que j'avais mis tout le monde à la recherche d'Adrian. J'ai eu du bol de m'en sortir. Tu connais la procédure mieux que personne, Jack. Wilson me tient par les couilles.*

— Et tu es allé raconter aux médias que je m'étais engueulé avec mon fils ? Pourquoi ? »

Il y eut un long silence, un bruit de chaise. Jack imagina la masse de Benson se trémousser inconfortablement sur un siège qui n'avait cessé de rétrécir à mesure qu'il prenait du poids.

« *Je n'avais pas d'autre choix. Wilson interdit qu'on mobilise du personnel sur ce qu'il appelle des faits quotidiens. Des gosses disparaissent tous les jours, Jack. Que diraient les journaux s'ils s'apercevaient qu'on accorde un traitement de faveur aux anciens flics ? Ou qu'Adrian est mon filleul ?* »

Jack avait beau comprendre la logique de Benson et savoir qu'il agissait selon ce qu'il croyait juste, il était irrité. Il avait trop donné de sa vie pour être traité comme un simple civil.

« *Jack ? Tu es toujours là ?*

— À peine.

— *Adrian va rentrer bientôt. Probablement aujourd'hui. Samedi, au plus tard... Je le sens dans mes tripes.*

— *Tes* tripes de merde ? Mauvaise réponse », dit Jack en raccrochant brutalement avant de grimper l'escalier et d'entrer dans la chambre d'Adrian.

Son instinct de flic lui disait qu'il avait tort. Si quelque chose était arrivé à son fils, la chambre pourrait se révéler d'une importance vitale et il était en train de la contaminer. Mais son instinct de père l'emporta. Il ne pouvait attendre que ses vieux potes viennent fouiller, il n'avait pas ce luxe. Il avait déjà téléphoné aux amis d'Adrian, espérant contre tout espoir qu'il était avec eux, et s'était entendu répondre qu'ils ne l'avaient pas vu depuis quelques jours. Même le patron de Wardhammer – un des magasins favoris d'Adrian – ne pouvait se souvenir de la dernière fois où il l'avait vu.

En pénétrant dans la chambre, Jack fut étonné de constater à quel point elle avait changé en quelques années. Mais ce sentiment fut rapidement remplacé par de la culpabilité. Manifestation de sa négligence paternelle ou respect de l'intimité d'un fils qui grandissait ? Des femmes vêtues du strict minimum et des sportifs en vue avaient remplacé les super héros. Des affiches de *hard rock*, les cartes du monde.

En soupirant, Jack se résigna à sa pénible tâche. En fouillant les affaires d'Adrian, il avait conscience de violer son intimité, cette intimité à laquelle son fils tenait tant. Mais, fermement et sûrement, le père s'effaça devant l'esprit aigu et sans état d'âme de l'ancien flic.

Inspectant d'abord la garde-robe, il prit garde à ne pas déplacer trop d'objets. Deux magazines tombèrent d'une boîte. *Playboy*. Il jeta un coup d'œil et sourit. Avant, c'étaient des BD de Batman, se dit-il.

Il se demanda si Linda avait aperçu ces *Playboy* en faisant la chambre. Si oui, elle n'aurait probablement rien dit. Il se sentit à nouveau gêné, comme s'il avait fait irruption dans les pensées les plus intimes de son fils.

Il se pencha pour regarder sous le lit et fut assailli par une puanteur de fruits pourris. Des tas de chaussettes durcies par la crasse et couvertes de poussière. Un emballage de bonbon collant adhérait encore à l'une d'elles. « Ça, ta mère ne l'aurait pas toléré, Adrian, murmura-t-il en souriant. Des magazines cochons, peut-être, mais jamais, au grand jamais, de linge sale. »

Il mit les chaussettes dans le panier à linge. En faisant le tour de la pièce, son regard s'arrêta sur une commode dont le dessus servait de plateau à une collection de figurines en résine de chez Wardhammer, impressionnantes de réalisme. Incroyable comme de si fines choses pouvaient être patiemment peintes, combien l'amour du détail pouvait transformer de vulgaires petites pièces de métal en œuvres d'art.

Il ouvrit les tiroirs sans véritable but et n'y dénicha que quelques sous-vêtements et des cravates de l'école enchevêtrées comme un nid de vipères au soleil. Il y avait aussi une photo de Linda en train d'ébouriffer un Adrian manifestement gêné.

Jack sourit. Le dixième anniversaire de son fils. Au dos de la photo, il avait écrit : *Maman, je t'aimerai toujours*.

Ces mots furent trop forts pour Jack. À deux doigts de craquer, il remit la photo dans le tiroir.

« Oh, Linda, qu'est-ce que je vais faire ? »

Ses yeux se portèrent sur le petit tiroir du lit.

« Bon dieu ! fit-il en l'ouvrant et en découvrant son contenu. Mon pistolet ? Qu'avais-tu l'intention de faire, Adrian ? Comment se fait-il que... »

Un souvenir lui revint à l'esprit ; le souvenir plutôt mortifiant du jour où il avait nettoyé son arme en buvant du scotch et de la bière, contrevenant ainsi à ses propres règles. Désespérément frustré au point d'abandonner tout sens commun et toute prudence, il était même allé jusqu'à tirer sur la télé sans réussir à l'atteindre – touchant, à sa place, le bras du fauteuil. Il se souvenait vaguement de sa cible : ce salaud de

Wilson, cette sale face de politicien en train de frimer et de mentir devant les caméras, prétendant que le crime était vaincu et que les gens étaient maintenant plus en sécurité qu'ils ne l'avaient jamais été.

Il secoua la tête de honte au souvenir de cette conduite aussi stupide que dangereuse. Comme si Adrian n'en avait pas assez bavé. Il avait bien besoin de ça – un père alcoolo, confit dans l'apitoiement sur soi-même et la mauvaise gnôle, un flingue tremblant au bout du bras. Un paumé dans tous les sens du terme.

« Si Linda pouvait te voir. Pathétique. Inutile », marmonna-t-il.

Il souhaitait de toutes ses forces entendre le pas de son fils dans l'escalier ; il souhaitait qu'il shoote dans la porte et se mette à hurler et à le maudire, se demandant ce que son père pouvait bien foutre à fouiner dans sa chambre.

Que faire ou chercher maintenant ? se demanda-t-il en s'asseyant sur une chaise. C'est alors qu'il les vit, aussi brillants qu'une tache d'huile sur la neige, soigneusement nichés dans un coin du tiroir. L'un noir et l'autre blanc.

La plume et l'os.

23

> *Découvrir consiste à voir comme tout le monde et à réfléchir comme personne.*
>
> Albert von Szent-Gyorgyi,
> *The Scientist Speculates*

Jack ouvrit la porte et entra dans le bureau de Shaw sans y avoir été invité.

« On t'a jamais appris à frapper ? demanda Shaw en le matant par-dessus le bord de sa tasse de café. J'ai entendu dire que tu étais devenu persona non grata. Serais-tu en train de tester mon niveau d'autonomie ou essaierais-tu de me fâcher avec Wilson ?

— Est-ce que tu peux me donner des tuyaux sur cet os ? fit Jack.

Il bouillait d'impatience, mais pas assez pour risquer de bousculer ou d'intimider Shaw. Celui-ci avala une grosse gorgée de café avant de reposer sa tasse au milieu du O parfait dessiné sur le bois par des années de café chaud.

« Ici, le lundi matin, c'est un vrai bordel. Trois meurtres, deux suicides présumés, et la journée vient à peine de commencer. Et, malgré ça, tu veux que je jette un œil sur un putain d'os ? Il s'appelle Claude, pas Dieu – quoique, maintenant, j'aie des doutes.

– Il est frais ce café ? demanda Jack en ignorant les sarcasmes de Shaw et en versant un peu de ce liquide noir et d'apparence létale dans une tasse sale.

– Le café l'est, mais je ne me risquerais pas à en dire autant de cette tasse. Je m'en suis servi la semaine dernière pour tirer un peu de jus d'un cadavre. »

Jack étudia le contenu de la tasse avant de la porter à ses lèvres.

« Super fort. Parfait. Juste comme je l'aime. »

Il s'assit à l'autre bout de la table, en face de Shaw.

« Alors, qu'est-ce que ça dit ?

– C'est plus compliqué que ça. C'est une sorte d'art, ça nécessite du temps. Tu devrais le savoir, toi qui te prends pour un artiste.

– C'était pas toi qui prétendais que chaque os est un auteur et que ton talent consiste à déchiffrer les contes mortifères écrits dessus ? Bon, ben, dis-moi ce que raconte celui-ci.

– Donc, chaque fois que tu faisais semblant de dormir, tu m'écoutais... Presque aussitôt que le soleil les effleure, la plupart des os se mettent à raconter leur histoire. C'est vrai, mais ce n'est pas si simple. À part pour les crânes, peu d'experts sont capables de distinguer à coup sûr les os humains de ceux des animaux. La plupart ont du mal à en déterminer l'origine.

– La modestie ne te va pas, Shaw. Tu n'es pas n'importe quel expert. Tu t'es vanté un jour de pouvoir déchiffrer l'histoire de l'assassinat d'une famille entière à partir d'une dent de sagesse. Je t'ai donné plus qu'une simple dent. »

Shaw sourit en exhibant une fausse dent aussi jaune qu'une motte de beurre.

« Si l'os a une pathologie, on peut le comparer à des examens pre-mortem, c'est un début. Mais il faut d'abord confirmer qu'il s'agit bien d'un os humain au moyen du test par précipitation. L'ennui, c'est que quatre-vingt-dix pour cent des os qu'on apporte à la médecine légale se révèlent être d'origine animale. Quelquefois, cependant, ils sont vraiment humains. »

Nonchalamment, Shaw porta la tasse à ses lèvres et prit une gorgée.

Le cœur de Jack manqua un battement. Il aurait voulu se lever et envoyer la tasse valser dans un coin.

« Celui-ci fait partie de ces fameuses *quelques fois*, non ?

– Je peux le vérifier, mais ça me prendra un peu de temps pour établir les caractéristiques primaires – sexe, âge, taille, etc. Mon sentiment est que cet os est plutôt prépubère.

– Un enfant ? Tu en es sûr ?

– Aussi sûr qu'on peut l'être. À la naissance, notre squelette comporte pas loin de trois cent cinquante os. Le temps de devenir adulte, et il n'en reste plus que deux cent six. Parce que, à mesure que nous grandissons, certains s'associent pour ne faire qu'un. Je dirais que celui-ci fait partie des trois cent cinquante.

– Depuis combien de temps l'enfant est-il mort ? Peux-tu le déterminer ?

– L'enfant ? demanda Shaw en fronçant les sourcils. Tu veux dire : le sujet. Sois pro, Calvert. C'est un os. Plus un enfant. Ne laisse jamais l'émotion obscurcir ton raisonnement. Trop dangereux. De toute façon, plusieurs variables peuvent déterminer combien de temps l'os a survécu, mais je ne le sais pas encore.

– Et la plume ? »

Pivotant sur sa chaise, Shaw sortit une gravure d'un tiroir.

« Elle appartient au plus intelligent des oiseaux. *Corvidae*. Corbeau, pour toi.

– Un corbeau ? »

Le cerveau de Jack se mit immédiatement en branle. Liens et hasard : les deux objets étaient-ils en relation, ou bien le hasard les avait-il réunis ? Pourvu que ce soit la première solution, quoique l'autre semblât pour le moment la plus plausible. Il ne voulait pas se concentrer sur une impasse et perdre un temps précieux à cause d'une intuition plutôt que d'un principe ou d'une poignée de suppositions, là où seules les certitudes avaient leur raison d'être.

« Tu ne m'as pas dit où tu avais trouvé cet os. J'ai besoin de cette information pour mon rapport », dit Shaw.

Portant la tasse à ses lèvres, conscient du regard d'aigle de Shaw, Jack prit une autre courageuse gorgée du breuvage noirâtre.

« Dans la chambre de mon fils », avoua-t-il à contre-cœur.

Shaw resta silencieux, comme s'il n'avait pas entendu la réponse.

« Il faut que j'y aille, dit Jack en se levant. Je crois que cet os appartient à la fille McTiers, Nancy, celle qui a disparu il y a trois ans.

– Tu ne peux être certain de rien tant que je ne l'ai pas analysé, répliqua Shaw, légèrement vexé.

– Mon gosse a disparu. Ça fera une semaine demain. Adrian n'est pas un fugueur, Shaw. Je vais le retrouver, et ça, j'en suis certain.

– Tu as toujours manqué de bon sens en certaines circonstances, Calvert, malgré ton talent bien connu.

Prends garde à ce que ce talent ne devienne pas un handicap[1].

– J'apprécie ce que tu fais, Shaw, dit Jack, mais garde ça pour toi pour le moment. J'ai besoin d'un peu de temps pour me retourner. Je suis mon instinct, et il m'a rarement laissé tomber.

– Je suis obligé de faire un rapport au sujet de l'os. Tu le sais. Ce serait un manque de professionnalisme – sans parler de la situation dans laquelle ça me mettrait avec Wilson.

– Combien de temps ? »

Shaw se tapota pensivement les dents avec son crayon avant de répondre.

« Deux jours. Trois au maximum, en tenant compte du temps qu'il me faudra pour retrouver l'os que j'aurai mal rangé.

– Merci. »

Shaw le raccompagna jusqu'à la porte.

« Qu'est-ce que tu vas faire ?

– Je vais manquer totalement de professionnalisme. Je vais trouver les restes de cette gosse. Ses os me mèneront à mon fils. »

---

[1]. Jeux de mot entre *ability* (habileté) et *liability*.

24

Un voyageur parmi la neige,
Trouvé par un bon chien, gisait…

Henry Wadsworth Longfellow, *Excelsior*

Jack sortit de sa voiture et laissa son regard divaguer sur le vaste paysage de ce terne hiver finissant. Il cherchait à se repérer, se sentant perdu et paradoxalement intégré au décor à la fois, comme si la terre l'avait attendu toutes ces années en sculptant ses ombres avec le couteau affûté de ses souvenirs.

Il fut frappé par la certitude d'être déjà venu là, enfant, à l'époque où il explorait cette lande sans fin, intimidé par les merveilles et les forces de la nature.

Sans illusion sur l'ampleur de la tâche qui l'attendait, il resserra le capuchon de son coupe-vent autour de sa gorge et s'avança contre le vent, son sac à dos menaçant de le faire vaciller comme un roseau à chaque pas.

Officiellement, on était sur le second versant de l'hiver, lorsque le printemps est supposé donner quelques signes d'encouragement, mais l'air toujours aussi vif mordait la peau de Jack comme un économe la chair d'une patate.

Au moins, la neige commençait à reculer. Comme d'autres prémisses d'un printemps capricieux, des touffes d'herbes et de plantes faisaient une apparition timide sur les sommets. En contrebas, un ruisseau caillouteux se frayait un chemin entre ses rives encore gelées.

Le matin même, un ornithologiste du musée de la ville lui avait indiqué que le seul endroit où trouver une hécatombe de corbeaux était...

« Barton's Forest ?

— Exactement, avait acquiescé le savant, un peu étonné par la rapidité de la réponse. Comment le savez-vous ?

— Une intuition. Une supposition éclairée. »

Bien sûr. Ça devait être Barton's Forest. Ça tombait sous le sens, se dit Jack en essayant désespérément de mettre en place les pièces du puzzle. Il entendait encore la voix d'Adrian, fichée quelque part au fond de son crâne comme la feuille d'un calepin : « P'pa, est-ce que tu sais s'il y a jamais eu un cimetière abandonné du côté de Barton's Forest ? »

La veille – peu après sa discussion avec Shaw –, Jack avait appelé Mister Fleming, le professeur d'anglais de son fils. Non, aucun devoir sur les cimetières n'avait été demandé aux élèves, avait répondu Fleming, amusé par cette question bizarre.

Maintenant seul, Jack observait la surface dure et plate du lac luire au loin comme une plaque de métal. Il semblait si facile de glisser sous la couche de glace, trompé par son immobilité et son apparente résistance.

Était-ce ce qui était arrivé à Adrian, le soir où il était rentré trempé et grelottant ? Il lui avait dit qu'il était tombé du côté du barrage de Coldstream. Lui avait-il menti ?

Jack frissonna et s'efforça de chasser de son esprit toute pensée négative.

Comme il s'apprêtait à entamer sa randonnée, il aperçut, au loin, un mouvement dans les arbres. Il sortit rapidement les jumelles de son sac et repéra l'endroit. Des oiseaux – des corbeaux ? – tourbillonnaient au-dessus des arbres, se laissant porter le long des courants d'air avant de retourner vers leurs nids. Sombre, la cime des arbres semblait constituée de plumes noires.

Au-delà, le ciel rougeâtre était tâché de pourpre, comme des morceaux de viande déchirée. Il essaya de déterminer l'espèce des oiseaux et la distance à laquelle ils se trouvaient. Difficile, à moins de se référer à autre chose – un arbre solitaire, une autre espèce d'oiseau, un humain.

« Un mile. Ça doit être à un mile », murmura-t-il en remballant ses jumelles.

Et si ce n'étaient pas des corbeaux, mais des étourneaux ou de simples... « Ta gueule ! Ferme ta putain de gueule ! Ce sont des corbeaux, espèce de connard ! C'est sûr ! »

Mais des vagues de doute et d'angoisse l'envahissaient à mesure qu'il approchait des arbres. Pas le moindre croassement, juste le vent et le bruit de son cœur. Il sentait déjà en lui le vide de la défaite.

L'escalade lui coupa le souffle. Épuisé, il s'écroula près du premier groupe d'arbres et ferma les yeux. Trop d'alcool et trop de mauvaise bouffe... Il se sentait vieux et fatigué.

Sa respiration redevenait régulière quand un bruit parvint jusqu'à lui. Il crut d'abord au bruissement sec des branchages, mais comprit peu à peu qu'il s'agissait, répercuté d'arbre en arbre, du bavardage des oiseaux se murmurant des messages secrets et se prévenant du danger.

Maintenant d'attaque, il se releva, galvanisé par le bruit qu'il se mit à suivre malgré ses jambes douloureuses. Il trébucha plusieurs fois, se déchira même le pantalon et la peau sur un rocher – mais, au moins, il avait un but. Son obstination fut récompensée quelques minutes plus tard par un vol de corbeaux kamikazes qui, prenant un maximum de risques, se mirent à lui raser la tête pour l'intimider et le faire reculer, avant de lui chier dessus et de le bombarder au point qu'il se retrouva tartiné de fiente.

« Ça suffit comme ça, bande de salopards emplumés ! » cria-t-il en sortant son flingue de sa veste puis en le brandissant comme un dingue avant de faire feu, les manquant délibérément.

Ça fonctionna. Seuls quelques derniers braves s'acharnèrent, tandis que les autres s'envolaient vers les sommets en caquetant un véritable opéra d'indignation.

Un peu étourdi, Jack s'avança jusqu'au cœur de la forêt. Des bruits encore, suivis, cette fois, d'un profond silence ; le bruit du néant, comme s'il avait dépassé la lisière du monde.

S'il avait pris à gauche plutôt qu'à droite, il l'aurait sans doute manqué. Plus tard, il se demanderait ce qui serait arrivé si les corbeaux ne l'avaient pas forcé à changer de direction. Il était bien sûr ridicule de croire qu'ils s'étaient sciemment arrangés pour qu'il trouve cette carcasse parfaitement modelée, comme un jouet en plastique emballé pour Noël, posée dans un massif d'épineux.

Jack se pencha légèrement et, sans rien toucher, chercha à reconstituer l'histoire qu'il avait sous les yeux. Un os manquant à une patte lui vint en aide. Il imagina que l'oiseau mourant avait été banni par le conseil des corbeaux à cause de son handicap et de l'odeur du sang, sorte d'invite à tous les prédateurs dans un rayon d'un mile. L'oiseau avait probablement pris le risque de se réfugier dans les épineux en croyant, à juste titre, que cela dissuaderait tout intrus ; l'auto-préservation, particulièrement quand la mort approche, est le plus puissant aiguillon de la vie.

« Malin petit salopard », sourit-il avant de remarquer l'ombre sous le squelette.

Les os reposaient sur une touffe de plumes. Jack en saisit une aussi délicatement que s'il désamorçait une bombe. Le cœur battant, il la plaça dans un sac en plastique en priant pour que Shaw puisse établir un lien avec celle qu'il avait trouvée dans la chambre d'Adrian.

Il alluma une cigarette et prit le temps de réfléchir. Le mégot lui brûla les doigts alors qu'il achevait de construire un scénario dans sa tête.

« Tu étais là, fiston, murmura-t-il. Je le sais. Tu t'es probablement penché à cet endroit précis... As-tu trouvé cet oiseau blessé boitillant sur le sol ? Est-ce toi qui l'as posé dans ce buisson d'épineux pour le mettre en sûreté ? Qu'as-tu fait d'autre ? Où as-tu découvert l'os ? Allez, Linda, donne-moi un coup de main. »

À l'aide de son couteau suisse, Jack creusa une marque dans l'arbre à côté du buisson, chercha un point de repère et sortit un carnet et un stylo pour gribouiller quelques détails. Enfin, il photographia mentalement les alentours en regrettant de ne pas avoir emporté d'appareil avec lui.

Il lui restait une dernière chose à faire avant de rebrousser chemin. Il farfouilla dans son sac pour trouver son mobile et avertir Shaw qu'il avait trouvé une plume ; il faudrait qu'il l'analyse aussi vite que possible.

Dans sa hâte, il laissa tomber le téléphone, qui rebondit sur sa botte puis sur le sol, avant de glisser sous un amas de rocaille et de boue séchée.

« Et merde ! » jura-t-il en maudissant sa maladresse. Plus tard, il réfléchirait à cet incident mineur et à ses conséquences majeures.

Les os étaient couverts de feuilles pourries qui avaient terni leur blancheur d'une couleur verdâtre peu ragoûtante. Au début, en ramassant son téléphone, il crut qu'il s'agissait d'autres carcasses de volatiles, qu'il était simplement tombé sur un cimetière naturel. Mais il en vit un de la taille d'une soucoupe à moitié enterré, surgissant du sol comme une lune miniature, se dit qu'il était trop large pour être celui d'un oiseau et comprit qu'il appartenait à un homme. Au fond de son cœur, il sut qu'il en connaissait le propriétaire.

Comme une accumulation de signes, les os du squelette attendaient patiemment, sous le sol gelé, le moment de raconter leur histoire.

L'échelonnement des côtes était presque parfait, et le crâne si petit qu'il pouvait le tenir dans sa main. À partir de la taille, en revanche, les restes, révélés par des vêtements réduits à l'état de haillons, avaient été profanés au-delà de toute indécence.

Jack fixait le petit corps sauvagement mutilé, mais pas assez toutefois pour l'empêcher de reconnaître celui d'une fillette. Il n'avait que peu de doute sur son identité : il s'agissait de la petite fille des McTiers, Nancy. La peau – le peu qu'il en restait – était d'une nuance bleue. Un bleu de spectre présent dans chacun des traits de son visage dévasté. Ceux qui l'avaient aimée allaient souffrir au-delà du possible et il n'y avait rien à faire pour les aider ; tout juste s'il pouvait s'aider lui-même en cet instant.

Même pas sept ans, tu commençais ta vie quand elle s'est arrêtée, songea Jack avec amertume. Qui avait pu faire ça à un enfant ? Qui avait pu commettre un tel crime ? Un crime dont il savait ce qu'il révélerait à l'avenir. L'autopsie aurait le dernier mot, mais il en connaissait déjà les conséquences. Oui, il avait peur de ce qu'il savait. Quelqu'un devrait bientôt frapper à la porte des McTiers pour leur apprendre ce qui était arrivé à leur petite fille et leur présenter des condoléances dont les parents démolis n'auraient strictement rien à foutre.

Il voulut détourner les yeux de ce visage incomplet, mais ils y revenaient d'eux-mêmes, l'obligeant à regarder. Une symphonie de sensations, répugnantes pour la plupart, retentissait en lui bien qu'il fît son possible pour les évacuer. Shaw avait raison : être émotionnellement impliqué revenait à entraver tout ce que vous faisiez, à ne jamais rien résoudre. Sois froid, détaché et pro. Pense de façon analytique. Tu dois juste choper l'auteur de ce crime abominable.

Le soir commençait à descendre sur l'horizon, lui donnant une nuance vaguement pourpre qui rendait la neige fondue plus miteuse, la scène plus voilée, quasi évanescente. Jack s'appuya contre un arbre et s'autorisa une cigarette bien méritée. Il gratta une allumette dont le soufre lui envahit les narines. Un peu étourdi par ce qui venait de lui arriver, il inhala, et la fumée, comme ses pensées, vagabonda dans l'air en dérivant paresseusement. Ce n'est qu'une fois la cigarette consumée qu'il passa un coup de fil à Benson.

« Harry ? Non, je suis en rogne contre toi. Arrête de blablater, tu veux bien ? Ferme-la et écoute ! Je veux que tu envoies une équipe en hélicoptère. Je crois que j'ai trouvé la petite McTiers. Je suis à Barton's Forest, dans la partie orientale du lac, à l'endroit où les arbres commencent. Grouille-toi… La nuit tombe vite par ici. »

Et il raccrocha en coupant la voix surexcitée de Benson et les millions de questions qui sortaient toutes à la fois de la bouche de son pote.

Aussi épuisé mentalement que physiquement, il attendit, étrangement lucide, que le vrombissement de l'hélico perce le ciel.

Il jeta un coup d'œil à sa montre. Une vingtaine de minutes, si la chance était de son côté.

Il avait beau être conscient de la présence du corps à quelques mètres de lui, il préférait en faire abstraction, l'écarter de son esprit. Il essaya de conjurer toute tentative de retracer une chronologie des événements expliquant la disparition de la petite.

Ne t'autorise pas à te détourner de ton sujet. Une observation consciente peut transformer des présomptions en faits avérés, et tu ne veux pas faire ça, n'est-ce pas ? Transformer des présomptions. Non, bien sûr que non. Trop sensible pour l'instant, apitoyé sur toi-même et inutile pour tout le monde – surtout pour cette petite fille et pour ton fils.

La main gauche du cadavre attira cependant son attention. Quelque chose dépassait légèrement d'un os du doigt.

Il se pencha et se servit de la plume de son stylo pour dégager l'objet avec soin.

Il s'agissait d'un bonbon à l'emballage abîmé. On n'y voyait pas grand-chose, si ce n'est que la couleur du papier avait passé. Il était rouge avec des volutes, comme l'enseigne d'un coiffeur.

Mais il avait beau être détérioré, quelque chose au

fond de ses tripes dit à Jack qu'il était semblable à celui qu'il avait trouvé dans la chambre d'Adrian... collé à ses chaussettes.

« Oh, Seigneur... »

Cette révélation stupéfiante fut la paille de trop sur le dos de l'âne, et Jack Calvert ne put contenir plus longtemps son désespoir, ce désespoir qu'il avait si bien camouflé jusqu'alors. Seul au milieu de nulle part, il se mit à sangloter amèrement.

25

Un événement s'est produit dont il est difficile de parler mais qu'il est impossible de taire.

Edmund Burke,
Le Procès de Warren Hastings

Quand le révérend Richard Toner, vicaire de l'Église de Saint-James, entendit parler du corps décapité trouvé dans le vieux bâtiment Graham, ses pires craintes remontèrent aussitôt à la surface. Incapable d'identifier le corps mutilé, la police avait lancé un appel à témoin. Son devoir de chrétien était d'appeler la police pour faire part de ses soupçons, il le savait, mais il n'avait aucune envie d'ouvrir cette boîte d'asticots, même pour Dieu.

L'obscurité de la petite église était seulement percée par la lueur de la lune à travers vitraux. Richard s'agenouilla pour prier dans l'odeur stagnante des cierges et de l'encens. Des statues d'anges majestueux le fixaient depuis leurs niches et semblaient le juger de leurs regards gris ciment.

Il se leva et grimaça en entendant ses articulations

craquer comme des céréales dans un bol. L'arthrite avait raidi son corps et fait du moindre mouvement une tâche digne des travaux d'Hercule ; il se sentait aussi humble et vigoureux qu'une vraie merde, un peu comme ce pauvre Job sur son tas de fumier.

« Qui es-tu en train de prier ? demanda une voix sortant de l'ombre. Dieu ou le Diable ?

– Quoi ? Qui est là ? Que faites-vous dans cette église, balbutia-t-il.

– C'est précisément ce que je te demande. »

Richard avait besoin de lumière, on y voyait à peine dans l'obscurité. Il tendit la main vers l'interrupteur.

« Ne fais pas ça », dit calmement la voix, impérieuse et légèrement menaçante.

Quel culot ! Il devait s'agir d'un de ces misérables sans-abri qui squattaient le coin. Ils allaient jusqu'à pisser contre les saints murs de Dieu, il les avait dénoncés à la police.

« Comment êtes-vous entré ?

– Dieu m'a ouvert la porte. N'est-ce pas délicat de sa part ?

– Vous n'avez rien à faire ici. Les mardis soirs sont réservés à...

– Ne seraient-ce pas là des reproductions de vieux maîtres ? Ils sont incroyables, non ? dit la voix en désignant la série de tableaux accrochée au mur, au-dessus de la tête de Richard.

– Je dois vraiment vous demander de partir...

– Celui-ci est mon préféré. Le Greco, n'est-ce pas ? Il prenait ses modèles à l'asile de fous de Tolède et à la prison locale. Le saviez-vous ?

– Que voulez-vous ? demanda nerveusement Richard.

– Pensez-y. Tous ces violeurs, assassins, pervers et

pédophiles transformés en saints sur la toile. Impressionnant à quel point les yeux peuvent mentir, non ? »

Le ton blasphématoire l'énerva encore davantage.

« Il n'y a pas d'argent dans l'église à cette heure de la nuit. Si c'est de la nourriture que vous voulez, j'en ai un peu.

– Je sais que tu en as *un peu*, Petit Dickey, dit la voix d'un ton sarcastique. Nous le savons tous... »

Petit Dickey ? Ça faisait longtemps que Richard n'avait pas entendu cet horrible surnom ; très longtemps, en fait. Ils avaient l'habitude de l'employer, de le murmurer derrière son dos, tous ces pauvres diables, ces bons à rien, ces salopards ingrats dans leurs haillons puants.

« Qui êtes-vous ? »

La silhouette sortit de l'ombre. « Tu ne me reconnais pas, Dickey ? Allons, regarde d'un peu plus près. »

Pour une raison inexplicable, Richard recula. Comme si un démon, ou quelque créature de la nuit, avait surgi pour le menacer. « Non, je ne vous connais pas. Je n'ai jamais... »

Était-ce une odeur d'alcool qui se dégageait de l'haleine de l'intrus ?

« Je suis désolé, mais je vais devoir vous intimer l'ordre de partir tout de suite. Dans le cas contraire, je serai contraint d'appeler la police.

– Oh, si j'étais toi je ne m'en ferais pas pour des choses aussi triviales, Dickey. Tu vas finir par choper un ulcère. Ce n'est pas ce que tu cherches, n'est-ce pas ? D'un autre côté, je peux appeler la police à ta place. Ensuite... »

La pierre enveloppée dans la bourse de cuir frappa le crâne de Richard comme un marteau. Il laissa aussitôt échapper un cri d'angoisse.

« S'il vous plaît, s'il vous plaît », gémit-il en protégeant sa tête de ses mains.

« Est-ce que ça te rafraîchit la mémoire, Dickey ? Non ? Okay, essayons encore un coup. »

Cette fois, la pierre heurta le côté de sa tête et il se mit à tituber comme un de ces clodos, un de ces ivrognes qu'il détestait tant. Ce n'est qu'au troisième coup qu'il alla valser dans les bras ouverts d'un saint, renversant la statue dans un fracas de tonnerre heureusement absorbé par l'immense vide de l'église.

« Ce que nous devons garder secret pour que personne d'autre ne puisse comprendre... Tu te souviens de ces mots, Dickey ? »

La silhouette s'accroupit à côté de Richard et sa voix recouvrit ses gémissements.

« Tu te souviens, maintenant ? »

Le sang inondait les yeux du révérend Richard Toner, vicaire de l'Église de Saint-James, mais sa mémoire était revenue le hanter une dernière fois.

Oui, il se souvenait. Trop bien, même.

26

> *Le gel accomplit son secret ministère,*
> *Sans l'aide des vents.*
>
> Samuel Taylor Coleridge,
> *Frost at Midnight*

« Combien de temps ? » redemanda Jack d'une voix crispée.

La puanteur astringente du formaldéhyde commençait à lui faire tourner la tête. L'absence de nourriture n'arrangeait pas les choses.

« C'est extrêmement difficile d'estimer le temps passé depuis la mort, dit Shaw en haussant les épaules. Il faut d'abord que j'étudie le terrain pour déterminer à quelle vitesse les choses pourrissent à l'endroit précis de cette forêt. Je ne peux émettre que des hypothèses.

– Okay, émets, dit Jack, incapable de contenir son impatience. J'ai vraiment besoin que tu donnes un peu de mouvement à cette affaire. J'ai besoin d'une sorte de cadre temporel.

– Trois mois, peut-être quatre, soupira Shaw. Quelque part, on a eu de la chance, la température a freiné le processus de décomposition. Mais le fait que les animaux aient bouffé les restes remet un peu les choses en question.

– As-tu pu déterminer les causes de sa mort ?

– Trop tôt pour le vérifier, mais je pense depuis le début qu'elle a été empoisonnée.

– Empoisonnée ? Quelqu'un aurait délibérément empoisonné cette gamine ?

– Délibérément ? Je n'en suis pas sûr. »

Examinant à nouveau les dents de la fillette, Shaw désigna de minuscules taches sombres. « Ce que tu vois là sont peut-être des traces d'empoisonnement au plomb. Le plomb est une substance très toxique. Après ingestion, il entre dans le sang pour être stocké dans les tissus de nombreux organes, dont le foie, les reins, le cerveau, les dents et les os. Les enfants de moins de sept ans sont particulièrement vulnérables. Ils tombent dans le coma, certains souffrent énormément avant de mourir.

« Quand en seras-tu certain ? grimaça Jack.

– Le labo a encore quelques tests à boucler. J'en saurai plus demain, jeudi au plus tard.

– Et pour l'os et les plumes ? Tu ne m'as toujours pas dit s'ils avaient un rapport. »

Dans l'affirmative, les conséquences seraient dévastatrices. Adrian était-il tombé sur quelque chose de sinistre ? Le ravisseur de la petite fille l'avait-il découvert caché dans la forêt ? Jack essaya de se calmer, de dissimuler le tour cauchemardesque que prenaient ses pensées.

« Non... Pas pour l'instant, répondit Shaw d'une voix neutre – une voix trop neutre et une réponse trop rapide au gré de Jack. En attendant, rentre chez toi, Calvert. Il est tard. Essaye de dormir. Tu as besoin d'un esprit clair et reposé. Je te ferai signe dès que j'aurai quoi que ce soit de concluant. »

Arrivé chez lui, Jack attrapa le journal du soir dans le hall, se prépara une tasse de café et s'assit pour lire au salon.

Le corps retrouvé est-il celui de Nancy ?

> Les restes d'un corps ont été découverts dans la région désolée de Barton's Forest. Le *Belfast Telegraph* a appris que les os étaient presque certainement ceux de Nancy McTiers, la petite fille de notre médecin…

Il y avait trois photos de Nancy, chacune montrant une fillette souriante. L'article revenait sur la découverte en précisant que les restes avaient été découverts par l'ex-détective Jack Calvert dont le fils avait disparu.
Il lui sembla percevoir dans l'esprit de l'article une interrogation silencieuse sur cette coïncidence morbide. Ou alors, il devenait parano ?

La tragédie frappe-t-elle le héros déchu ?

Le bas de la page donnait un bref résumé de la carrière de Jack, établissant comment il était devenu l'inspecteur le plus décoré de l'histoire de la police de la ville.

> Ses collègues l'appelaient « le flic des flics », un de ceux qui vous inspirent une confiance totale. « Vous étiez en sécurité quand Jack couvrait vos arrières », témoigne un policier qui désire rester anonyme. « La hiérarchie l'a viré parce qu'il ne

voulait pas marcher dans leurs combines », déclare un autre officier de police. Mais certains le considèrent comme un franc-tireur, un type qui tournerait les règles à son avantage. Impliqué dans la mort controversée d'un trafiquant de drogue notoire, cette disparition a entraîné sa retraite prématurée. Peu de temps après, son épouse, Linda, était tuée dans un tragique accident de voiture causé par un conducteur ivre.

Il ne pouvait pas faire grand-chose sur ce qu'on disait de lui, mais la mention de la mort de Linda le mit en rogne. Il avait toujours en tête la vision des feux de circulation, le son horrible des freins rendus inutilisables par manque d'huile et celui du corps de Linda passant à travers le pare-brise.

Assis dans son fauteuil, il fixait le plafond quand un frisson le parcourut. Il décida d'allumer un feu. Ça lui donnerait quelque chose à faire, même quelques minutes.

Comme il craquait une grande allumette, un papillon de nuit surgit de l'obscurité, passa à travers la flamme et tomba sur le sol, les ailes en cendres. Sans croire aux présages, cette inexplicable apparition lui porta sur les nerfs. Ces insectes étaient rares à la fin de l'hiver.

Le téléphone sonna pendant qu'il évacuait le cadavre d'un coup de balayette.

Mon Dieu, s'il Vous plaît...

« Adrian ? »

Pendant quelques secondes, il n'entendit qu'un souffle caverneux, semblable à celui produit par un coquillage. Ensuite, une voix :

« *Vous ne trouvez pas ça ironique ?* »

La voix était douce, androgyne.

« Quoi ? Qui est-ce... ?

– *D'être capable de porter secours à un mort, mais pas à celui qui vit toujours.*

– Qui êtes-vous ? Que voulez-vous ?

– *Vous n'êtes pas un héros. Vous êtes un couard. Nous le savons tous les deux, n'est-ce pas ?*

– Qu'est-ce que vous… ?

– *N'est-ce pas ?* fit la voix en haussant le ton.

– Oui, dit Jack en fouillant dans son tiroir pour trouver son magnétophone.

– *Il faut être sacrément lâche pour laisser sa femme mourante prisonnière de la ferraille pendant qu'on rampe comme un serpent pour se mettre à l'abri, n'est-ce pas ?* »

Jack sentit son cœur lui remonter dans la gorge. La pièce tanguait comme un navire pris dans la tourmente.

« Vous avez mon fils, Adrian. Je vous en supplie, ne lui faites pas de mal. Je ferai ce que vous voulez. De l'argent ? C'est de l'argent que vous voulez ?

– *N'est-ce pas ?* siffla la voix.

– Oui.

– *Un sacré lâche ?*

– Un sacré lâche.

– *Vous êtes comme les autres. Un hypocrite. Toutes ces larmes de crocodile pour cette pauvre innocente Nancy, mais rien pour les autres, hein ? Tout me monde se fout bien d'elles, n'est-ce pas ?*

– Quelles autres victimes ? Qui… »

La communication fut coupée.

Immobile, Jack regardait le téléphone comme s'il ricanait dans sa main.

Pense. Cherche d'où vient l'appel.

Mais son cerveau refusait d'enclencher la première. Les choses les plus simples devenaient compliquées. C'est à peine s'il pouvait bouger, encore moins penser.

La pièce tournait de plus en plus vite. Il était terrorisé à l'idée qu'Adrian soit mort, abandonné par un père inutile capable de découvrir des étrangers, mais pas de le trouver lui.

Appelle Benson.

Benson n'était ni un grand flic, ni un flic inoubliable. Il faisait les choses bien, mais sans plus. Mais sa détermination obstinée lui permettait d'accomplir toutes les tâches qu'il s'était fixées. Seulement, la fuite dans le journal lui avait laissé un mauvais goût dans la bouche ; il devrait faire très attention aux informations qu'il donnerait à son ex-partenaire.

Le téléphone sonna à nouveau. Il le regarda d'un sale œil, presque craintivement. La sonnerie continua à résonner, de plus en plus fort.

« Qu'est-ce que voulez ? cria-t-il en empoignant le combiné.

– *Jack ? Tu vas bien ?*

– Quoi ? Oh, Harry, je suis désolé. Je…

– *Écoute. Je voudrais d'abord te dire une chose. Tu peux penser ce que tu veux, que je ne fais pas tout mon possible pour trouver Adrian, c'est ton droit. Même Anne pense que je n'en fais pas assez, elle me mène une vie d'enfer. Mais je fais vraiment tout mon possible, légalement et illégalement. Moins j'implique de gens, moins j'ai de chance de me retrouver dans la merde si elle percute le ventilateur. Tu me comprends ?* »

Jack fut bouleversé par l'émotion contenue dans la voix de Benson. Il lui en fut aussi profondément reconnaissant.

« Harry, je me suis comporté comme un salaud avec tout le monde. Je n'ai plus vraiment toute ma tête.

– *Tu ne t'es pas comporté comme un salaud, mais*

comme un père et plutôt comme un bon père, tout bien considéré. »

La gorge serrée par l'émotion, Jack avala une grosse goulée d'air.

« *Jack ? Tu es toujours là ?*
— Oui, Harry, je suis toujours là.
— *J'ai des nouvelles. Je ne sais pas trop ce que ça vaut, mais on tient peut-être quelque chose.*
— Qu'est-ce c'est ? dit Jack, l'estomac soudain serré.
— *On a un suspect possible pour la petite fille. Devine qui... Un coiffeur de quartier.* »

27

> *Il y a des horreurs au-delà des horreurs, et celle-là en était une…*
>
> H.P. Lovecraft, *La Maison maudite*

Jack se présenta à la porte du cottage un peu avant dix heures du soir. La pluie tombait dru, transformant le secteur en marécage. Plutôt isolée, la propriété était entourée d'un grillage et fermée par un portail métallique noir surmonté de barreaux pointus.

L'équipe du légiste collectait les nombreux indices et les étiquetait avant de les ranger dans des sacs plastique. Un des sacs contenait des morceaux de vêtements.

L'intérieur sentait le renfermé. Les lumières étaient allumées et les rideaux soigneusement tirés.

Benson lui fit un signe. Il avait cet air concentré que Jack appréciait toujours. Ça lui donnait l'air d'un limier flairant une piste.

« Officiellement, tu n'es pas là. Pigé ? Wilson me couperait les couilles, dit Benson en lui tendant une paire de gants en caoutchouc.

– Bien sûr. »

Jack enfila les gants, parfaitement conscient des risques que prenait une fois de plus pour lui son ex-partenaire. Il s'était longtemps demandé s'il devait lui parler du coup de téléphone. À contrecœur, il avait décidé de le garder pour lui, au moins pour le moment.

« On est tombé sur un vrai cinglé, dit Benson en désignant des magazines éparpillés sur le sol de la chambre. Regarde-moi ces putains de saloperies. »

Jack en prit un au hasard. La couverture était parfaitement innocente, mais, en l'ouvrant, l'horreur lui sauta au visage. Il jeta un coup d'œil sur la première page et laissa tomber la revue.

« Putain de pornographie pédophile, dit Benson en continuant à ouvrir les tiroirs. Cet endroit en est bourré. On a découvert quelques vêtements de petite fille cachés sous le lit de l'autre chambre. Plus inquiétant, il y a des taches de sang dessus. Shaw va devoir travailler avant qu'on sache si on peut établir un lien avec les restes que tu as découverts. Mais ça ne sent pas bon. On a aussi trouvé une bonne quantité de marijuana. Apparemment, il voyait plus d'herbe que le cul d'une coccinelle. »

Pendant que Benson poursuivait sa fouille, Jack se concentra sur la chambre, examinant ce qu'il y avait de banal, enregistrant chaque détail, cherchant à ne rien oublier et, surtout, à éviter la plus commune des erreurs : parvenir à la fin du puzzle pour s'apercevoir qu'il manque une pièce.

Était-il chez un pédophile, un ravisseur d'enfant ? Ce concept d'être « chez un pédophile » ne rimait à rien bien sûr. Leurs résidences devaient être aussi banales et ordinaires qu'eux-mêmes. En fait, c'était leur force. Ce caractère totalement commun, leur habilité à se fondre comme des caméléons dans leur environnement.

L'image du solitaire concupiscent n'était qu'un mythe dangereux inventé par les journaux pour vendre et faire peur. Certains opéraient seuls et avec une intelligence diabolique, mais la plupart étaient comme tout le monde, de toutes origines et de toutes professions, ecclésiastiques, médecins, avocats, juges. Officiers de police, même.

Quelques vieilles photos de mariage étaient épinglées au mur, dévoilant l'habituel couple souriant entouré de la famille et des amis. Une autre montrait la mariée, vêtue de blanc des pieds à la tête, en compagnie de deux personnes. Le témoin et la demoiselle d'honneur ? L'homme avait un bandeau sur l'œil et la femme se cachait timidement derrière ses mains gantées, ne laissant à découvert que la partie supérieure de son visage. Ce furent ses yeux – et non le bandeau de l'homme – qui attirèrent le regard de Jack. Ils brillaient d'une étrange intensité animale, comme s'ils n'appartenaient pas à ce visage.

Le jardinage était le thème principal des autres photos : la mariée – un peu plus âgée maintenant – brandissait une coupe d'argent et une plante décorée d'un ruban. Sur d'autres, on voyait deux hommes debout devant un salon de coiffure. Ils se serraient la main en souriant devant l'appareil. L'un d'eux souriait ; l'autre – l'homme au bandeau – avait plutôt l'air buté. Ils semblaient impatients, comme si leurs rêves aboutissaient enfin.

Dans le fond, accroché à la fenêtre du salon, un panneau proclamait fièrement : « *Ouverture officielle. Une Bonne Coupe : une coupe supérieure à toute autre.* »

L'index de Benson sur la photo arracha Jack à ses pensées.

« C'est lui, le salaud.

– Comment s'appelle-t-il ?
– Harris. Joe Harris. Il est coiffeur de quartier. Pas celui chez qui je vais.
– Comment a-t-il attiré ton attention ? »
Benson sortit une boîte de dessous la table.
« Le tour est joué ! fit-il en la retournant sur le côté et en laissant son contenu s'éparpiller. Le bonbon, celui avec l'emballage en forme d'enseigne de coiffeur. Ton bonbon magique, Sherlock. Celui que je t'avais demandé de ne pas toucher, de peur de niquer une preuve. »
Benson attrapa un des bonbons et le débarrassa de son papier avant de se l'expédier dans la bouche.
« En plus, ils sont délicieux. T'en veux un ?
– Non. Qu'est-ce qui t'a amené ici ? » dit Jack, le front barré de rides d'impatience et se retenant à grand-peine de crier.
– Savais-tu que nous avons quelque cent vingt salons de coiffure et barbiers dans un rayon de cinq miles ? demanda Benson en essayant de décoller des morceaux de bonbon d'entre ses dents.
– Je sais. »
Il se mit à se balancer d'avant en arrière dans l'espoir que Benson s'apercevrait de son exaspération, en vain.
« Nous devons avoir les habitants les plus coquets du pays, fit Benson avec un petit sourire satisfait. Heureusement, il n'y en a plus beaucoup dans le vieux quartier commercial. Et ils ne sont que dix à distribuer des bonbons et des petits jouets à leur jeune clientèle. Mieux, les bonbons ne sont pas fabriqués en usine.
– Oh ?
– Nan. Notre pédophile disparu, et feue sa femme, Katrina, les fabriquaient eux-mêmes, dit Benson en tenant un bonbon entre le pouce et l'index. Recette secrète. Harris a même dessiné l'emballage. Quel type !

– Comment as-tu appris tout ça ? On t'a refilé le tuyau ?

– On a procédé par élimination et on est tombé sur "Une Bonne Coupe". Le patron, Jeremiah Gazier – celui avec le bandeau de Long John Silver –, nous a dit qu'Harris ne s'était plus pointé depuis des semaines. J'étais sur le point de lui dire que cette photo ne le flattait pas – mais, comme on dit : "Qui ne parle pas, ne ment pas" –, quand Grazier qui nous a expliqué que c'était feue Madame Harris qui fabriquait les bonbons pour le salon. C'est pas joli, ça ?

– Et il n'a pas signalé l'absence de son pote ? Il ne s'en est même pas inquiété ? demanda Jack en ignorant la désinvolture de Benson.

– Apparemment, non. Selon Grazier, Harris est coutumier du fait. Aucune raison de s'inquiéter.

– Qu'est-ce que Grazier a raconté d'autre ?

– Qu'Harris était un joueur compulsif et un sérieux buveur. Il a même précisé qu'il était alcoolique. Il buvait tellement pendant le boulot que ses mains tremblaient. Putain, tu l'imagines en train de te raser ? Bon, le fait est que Grazier le soupçonnait d'avoir emprunté du fric à des usuriers. Il était toujours à court d'argent à force de parier sur les chevaux, les chiens, sur tout, y compris sans doute sur les mouches cavalant sur les murs.

– Tu lui as parlé personnellement ?

– Pas encore. J'ignorais que nous tomberions sur ce genre de saloperies, dit Benson en désignant les magazines.

– Je veux être là quand tu l'interrogeras.

– Quoi ? Tu disjonctes, ou quoi ? Je ne peux pas t'emmener dans la salle d'interrogatoire.

– La salle d'observation suffira amplement.

– Si Wilson flaire que je t'ai autorisé à…

— Wilson serait incapable de renifler l'odeur de sa propre merde si on lui fourrait le nez dedans.

— Putain, je sais pas si tu t'en rends compte, mais tu es plus souvent au poste maintenant que quand tu étais en activité !

— Question de nostalgie. L'endroit me manque. À quelle heure, demain ?

— Trois heures, se résigna Benson. Le salon ne ferme pas si tôt, normalement, mais Grazier va faire une exception pour avoir le plaisir de nous dire tout ce qu'il sait.

— Très accommodant de sa part.

— Ouais, c'est visiblement le genre. »

Avec un petit sourire, Benson posa une grosse Bible noire sur la table. « Notre Mister Harris doit avoir du mal à savoir sur quelle voie tituber. »

Jack ouvrit le livre et lut la dédicace. « *À mon ami Joseph. Puisse le Seigneur être toujours à tes côtés.* » C'était signé « *Jeremiah* ».

« On dirait que c'est de Grazier, non ?

— C'est plus que probable. Il semblerait que Long John Silver vendait ces trucs au porte-à-porte, il y a quelques années. Il a sans doute un perroquet sur sa putain d'épaule.

— Où vit Grazier exactement ? »

Benson sortit son calepin et le feuilleta avant de déchiffrer son écriture illisible.

« Sa femme Judith et lui possèdent un gros bout de terrain à côté de Cave Hill.

— Cave Hill ?

— Oui. Ce bout de lande sauvage, du côté de Barton's Forest. Pourquoi ? À quoi penses ?

— À rien », fit Jack en se demandant si cela voulait dire quelque chose.

28

> *Être auprès de moi lorsque ma lumière est faible,*
> *Lorsque le sang coule et que les nerfs fourmillent...*
>
> Alfred Lord Tennyson, *In Memoriam*

« Qu'est-ce que je leur dis, s'ils me demandent si j'ai jamais suspecté Joe de... d'aimer les enfants ? demanda Jeremiah pour la dixième fois en deux heures.

– La vérité, répondit Judith en lui posant les mains sur les épaules, ce qui fit immédiatement cesser ses tremblements.

– Qu'est-ce que tu veux dire ?

– L'as-tu jamais suspecté ?

– Non...

– Alors, dis la vérité quand on a besoin de la vérité. Tu comprends ?

– Pas vraiment. J'ai peur de me tromper et qu'ils nous soupçonnent.

– Non. Ils vont essayer de te coincer, mais tu es trop malin pour eux. Sois humble. Réponds court, mais pas trop. Abrite-toi derrière ta perspicacité.

– J'aimerais que tu sois là. Je me sentirais beaucoup mieux.

– Ça ne ferait qu'éveiller leurs soupçons. Ils se demanderaient pourquoi un adulte veut que sa femme l'accompagne au poste de police. Tu ne crois pas ?

– Bien sûr, approuva-t-il, mais...

– Et surtout tu ne tiens pas à ce que les gens me dévisagent. Ils me regardent comme si j'étais un monstre.

– Ne dis jamais ça. J'ai le cœur brisé quand je t'entends parler comme ça. Tu es très belle. Tu as toujours été belle. S'ils ne sont pas capables de le voir, qu'ils brûlent en enfer. »

Pour la première fois de la journée, un sourire apparut sur le visage de Judith. Un faible sourire, pas de ceux qui montent jusqu'aux yeux.

« Je t'ai négligé, ces derniers temps, lui chuchota-t-elle à l'oreille en lui faisant vibrer l'entrejambe. J'ai eu beaucoup de choses à faire. Bientôt, nous serons à nouveau seuls. Tu aimes ça quand nous ne sommes que tous les deux, hein ?

– Plus que tout, dit-il en lui embrassant la main.

– Bien. Maintenant, écoute attentivement. Je vais te dire exactement ce que tu dois raconter. »

29

Car c'est double plaisir de tromper le trompeur.

Jean de la Fontaine, *Le Coq et le Renard*

Jack étudiait Jeremiah à travers le miroir sans tain, ses mains parfaitement posées sur la table, son dos droit, raide contre la chaise. Il ne faisait aucun doute que le bandeau ajoutait au côté sinistre du personnage. Contrairement à son ancien partenaire, Jack ne jugeait jamais un livre à sa couverture. Benson en revanche était déjà convaincu des méfaits de Grazier – peut-être pas dans cette affaire, mais dans d'autres, qui ne manqueraient certainement pas de remonter à la surface.

« T'as qu'à le regarder, railla-t-il avant d'entrer dans la salle d'interrogatoire, il a l'air de sortir de *L'Île au Trésor* ou de ce putain de Dr Hook Medicine Show. Je sais pas s'il est coupable, mais il en a vraiment l'apparence. »

Benson était intimement persuadé que ses plus de vingt ans de service lui avaient donné le pouvoir de lire dans la pensée des gens – par la simple observation de la façon dont les pupilles changent quand vous posez une question, vous pouvez déterminer le degré de culpabilité. Tout est dans les yeux. Au diable les détecteurs ! On peut les tromper. Mais les pupilles ? Ha ! Les pupilles ne peuvent pas te niquer. Regarde un peu les yeux d'un chat se dilater quand il mate un oiseau : il pense déjà au goût qu'il aura.

« Tout d'abord, Monsieur Grazier, je tiens à vous remercier d'être venu par une après-midi aussi glaciale, dit Benson.

— Je ferais tout pour aider la police, inspecteur...

— Benson, répondit ce dernier en se défaisant de son manteau comme s'il s'apprêtait à se battre. Pour la forme, Monsieur Grazier, pourquoi n'avez-vous pas signalé l'absence de Monsieur Harris ?

— J'ai pensé que Joe était peut-être en train de faire la bringue. Il a eu quelques problèmes, récemment. Ce n'est pas inhabituel, chez lui, il peut disparaître pendant des semaines, voire des mois.

— Quels genres de problèmes ?

— De boisson. D'argent...

— D'argent ?

— Il joue vraiment beaucoup, beaucoup plus qu'il n'aurait dû, poursuivit Jeremiah en avalant une gorgée d'eau. Il aime les chevaux et connaît toujours l'homme qui connaît l'homme qui a le bon tuyau. Malheureusement, leurs tuyaux sont toujours crevés. Je crois que ces gens étaient... intéressés.

— *Intéressés* ? »

Jack sourit en voyant la tête que faisait Benson.

« Joe leur devait de l'argent, expliqua-t-il.

— Je vois, dit Benson en griffonnant sur son calepin. Connaissez-vous ces gens ?

— Non. Joe ne divulgue jamais ce genre d'informations.

— Vous étiez les meilleurs amis du monde et il ne vous en parlait pas. Vous ne trouvez pas ça étrange ?

— Il n'a probablement pas voulu me mêler à ça. Je crois qu'il s'agissait d'usuriers ou dans le genre, des gens très dangereux. »

Benson sortit son paquet de cigarettes et en offrit une à Jeremiah.

« Non, merci. Je ne fume pas et je ne supporte pas la fumée. Je ne bois pas non plus. »

Pas démonté pour autant, Benson sortit son briquet et alluma sa cigarette.

« Quand je lis des trucs sur les méfaits du tabac et de l'alcool, j'arrête de lire, fit Benson avec un sourire en faisant claquer son briquet – et manifestement amusé de voir Jeremiah sursauter légèrement.

— Monsieur Harris vous a-t-il jamais emprunté de l'argent, Monsieur Grazier ?

— Quelquefois.

— Mais, cette fois, il a préféré s'adresser à des usuriers et autres gens dangereux du même calibre ?

— Apparemment.

— Pourquoi, d'après vous ?

— J'ai dit à Joe que je ne pouvais plus encourager ses mauvaises habitudes et que j'allais cesser de lui prêter de l'argent, répondit Jeremiah en secouant la tête. Je n'aurais pas dû. Maintenant, j'ai l'impression que, d'une certaine façon... enfin, j'ai l'impression d'être pour quelque chose dans son absence. »

Jack remarqua un petit tic nerveux chez Jeremiah : chaque fois qu'il parlait, son bandeau sautait légèrement. Était-ce à cause de la façon dont Benson l'interrogeait ou, simplement, une irritation provoquée par le frottement du cuir contre sa peau ? Ou autre chose, de tout à fait différent, mais de significatif ?

« Vous disiez qu'il avait un problème avec l'alcool. Jusqu'à quel point ? demanda Benson qui, ne trouvant pas de cendrier, fit tomber sa cendre à côté des souliers soigneusement cirés de Jeremiah.

– Après la mort de sa femme adorée, Katrina, Joe s'est mis à boire beaucoup. Beaucoup plus qu'avant. Ces derniers temps, il était devenu très irritable, même vis-à-vis des clients. Deux ou trois fois, j'ai été obligé de lui demander de rentrer chez lui parce que son comportement était néfaste à la bonne image du salon.

– Avez-vous une idée de ce qui a provoqué ce comportement ? demanda Benson qui semblait se perdre dans la contemplation du bandeau de cuir.

– Je... Non... »

Percevant une légère hésitation, Benson changea de direction.

« Écoutez, Monsieur Grazier, j'admets tout à fait que l'amitié est sacrée, mais il y a des cas où la non-divulgation d'informations peut vous apporter un paquet d'ennuis. Croyez-moi. »

Il sembla adresser un coup d'œil au miroir sans tain, ce qui déplut à Jack.

« Qu'est-ce qui, à votre avis, a pu provoquer le comportement irrationnel de Monsieur Harris ?

– À mon avis ? fit Jeremiah en prenant une longue gorgée d'eau. Hmm... Je... Nous... Nous avons reçu la visite de la police, la semaine dernière... Ils posaient des questions sur cette petite fille qui a disparu il y a quelques années. Des questions de routine, les mêmes qu'aux autres commerçants du quartier. Mais... Je sais pas... Elles ont foutu Joe en colère. Je crois qu'il ne supportait pas l'idée qu'on ait pu faire du mal à cette petite fille. On aurait dit qu'elle l'obsédait. »

Jack remarqua que le sourcil gauche de Benson sautait alors qu'il se penchait vers Grazier.

« Est-ce que Monsieur Harris connaissait Nancy McTiers ?

– Nancy McTiers ? Oh ! La petite fille. Pour être complètement honnête, je n'en sais rien.

– La connaissiez-vous ?

– Moi ?

– L'aviez-vous aperçue, dans la rue, en train de se promener, de sauter à la corde – ce genre de choses ?

– Non.

– Est-ce que Monsieur Harris vous a dit quoi que ce soit après le départ de la police ? Prenez votre temps, s'il vous plaît. Ce que vous allez me dire pourrait avoir une grande importance », ajouta Benson dans ce qui n'était plus qu'un murmure.

Jeremiah hocha la tête. On aurait dit qu'il étudiait un bout de peinture manquante sur le mur derrière les larges épaules du flic.

« Il a filé vers son armoire à pharmacie, a pris une petite bouteille de whiskey et l'a vidée d'une seule gorgée. Ensuite, il a dit une insanité.

– Pardon ? demanda Benson.

– Il… il a dit un mot commençant par "p".

– Commençant par "p" ?

– Il a dit : "Oh, p… !"

– Vous voulez dire "putain", Monsieur Grazier ? Il a dit "Oh, putain" ?

– Oui, dit Jeremiah en rougissant. C'est exactement ce qu'il a dit. »

Benson se mit à gribouiller furieusement sur son calepin avant de changer de conversation.

« Vous coupez les cheveux des enfants, n'est-ce pas ?

– On fait aussi les adultes, au salon. Pas juste les enfants.

– Chacun son tour, ou c'est Monsieur Harris qui s'occupait principalement des enfants ?

– Je... Bon... Joe s'occupait davantage des enfants. Je dois admettre que je n'ai pas beaucoup de patience avec les jeunes. Je dois devenir grincheux en vieillissant, avoua Jeremiah avec un sourire misérable que Benson fit mine de ne pas remarquer. Joe connaissait... Il connaissait leurs équipes de foot, leurs tendances musicales. Il était... il *est* bon dans ce genre de trucs. Je crois que la partie la plus jeune de notre clientèle se sentait mieux avec lui, il faut bien l'admettre.

– Les connaissait-il tous par leur nom ?

– Leur nom ? Oh, oui. Enfin, je suppose. Il connaissait leurs anniversaires, ce genre de choses. Il avait toujours un jouet ou une carte et quelques pièces... Il est très attentif à ça.

– Vraiment ? fit Benson en jetant un coup d'œil vers le miroir. Pourquoi Harris a-t-il été en prison ? »

Jeremiah eut l'air pris de cours par le tour nouveau que prenait l'interrogatoire.

« Quoi ? C'était il y a longtemps. Je... je ne m'en souviens vraiment plus. »

Souriant comme un renard qui tient déjà le cou du poulet dans la gueule, Benson sortit un bout de papier de sa poche.

« Sans blague ? Laissez-moi vous rafraîchir la mémoire, Monsieur Grazier. "Exhibitions indécentes", est-ce que ça vous rappelle quelque chose ?

– Exhibitions... Oh ! Mais ça date du temps où il était au collège. Une gaminerie. Il a fait un peu de *streaking*[1]. Tout le monde en faisait, à l'époque.

---

1. Action de courir nu dans la rue. Très populaire dans l'Angleterre des années soixante-dix.

– Vraiment ? Vous aussi ?

– Moi ? Certainement pas, répliqua Jeremiah. Non, ce n'était pas le genre de chose que je faisais. Mais Joe trouvait ça très drôle.

– Madame Wilma McKenna, 26 King's Court, ne devait pas avoir le sens de l'humour, *à l'époque*. Elle a manqué mourir quand Harris l'Éclair s'est mis à agiter sa canne à pêche devant sa fenêtre. »

Jeremiah ne dit rien.

« Est-ce que vous et Monsieur Harris socialisiez beaucoup ?

– Socialiser ?

– Est-ce que vous sortez pour boire un verre, déjeuner ou dîner ?

– Non, je ne bois pas. Je vous l'ai déjà dit. Et j'ai rarement vu Joe en dehors des heures de travail.

– Où allait-il prendre un verre... quand il sortait, bien sûr, et qu'il n'avait pas son armoire à pharmacie attachée sur le dos ?

– Je crois que son bar s'appelait *The Bunch of Grapes*, mais je n'en suis pas certain. Nous ne parlions jamais de son problème.

– Je vois, dit Benson en écrivant sur son calepin. À propos de problème, Monsieur Harris en a-t-il d'autres dont vous connaissez l'existence ?

– Quel genre de problèmes ?

– N'importe quoi. Les femmes, par exemple. A-t-il une amie, quelqu'un que nous pourrions appeler ? Il est peut-être avec une femme en ce moment.

– Non, Joe n'a pas de petite amie, du moins, pas que je sache. Il aime surtout rester seul. Depuis la mort de Katrina, il semble...

– Oui... ? »

Jeremiah prit le temps d'une autre gorgée d'eau.

« Disons qu'il a perdu tout intérêt pour les femmes. »

Benson nota et, sans relever les yeux, presque fortuitement, demanda :

« Monsieur Harris s'intéresse-t-il aux enfants ?

— Quoi ?

— Lui est-il arrivé d'emmener des enfants au McDo, par exemple ?

— J'en sais vraiment rien. C'est quoi cette question ? Qu'est-ce que voulez ? Pourquoi voulez-vous savoir s'il a emmené des gosses au McDo ? »

Puis, comme s'il venait d'être frappé par une grande révélation, Jeremiah prit l'air profondément choqué :

« Non ! Vous pensez que... vous pensez que Joe a quelque chose à voir avec la disparition de la petite fille parce que je vous ai dit qu'il avait l'air bizarre quand les policiers sont venus au salon ? Non, c'est pas possible. Vous cherchez délibérément à me mettre les mots dans la bouche. Ce que je voulais dire, c'est qu'il se faisait probablement du souci pour elle. Il a toujours nourri des soupçons à l'égard de la pension de famille miteuse qui se trouve en face de chez nous. Vous avez délibérément...

— S'il vous plaît, calmez-vous, Monsieur Grazier. C'était juste pour m'assurer que nous avons fait tout le tour. Je ne tiens pas à vous convoquer une nouvelle fois pour vous faire perdre une journée de travail. »

Jeremiah ferma lentement les yeux avant de les rouvrir. Il commençait à avoir l'air vaguement inquiet.

« Vous voulez en faire un bouc émissaire, n'est-ce pas ? »

Benson se leva, recouvrant de sa grande taille Jeremiah assis dans l'ombre.

« Un peu de café, Monsieur Grazier ? demanda-t-il en lui tournant le dos pour se diriger vers la machine.

– Non… Non, merci. »

Il s'en fallut de peu que Jack manque le mouvement, presque imperceptible mais d'une absolue dextérité, de Jeremiah. Ses longs doigts osseux s'étirèrent juste assez pour toucher le calepin de Benson. Ils ne le firent pas bouger, ils se posèrent simplement dessus, comme une tarentule guettant sa proie.

« Est-ce que je pourrais aller aux toilettes ? C'est toute cette eau que j'ai avalée, demanda-t-il en regardant Benson d'un air craintif.

– Bien sûr. Vous devez avoir une vessie grosse comme un réfrigérateur. Tout droit après la porte, tournez à gauche, puis deuxième à droite. L'odeur vous guidera. De robustes salauds ont pris l'habitude de laisser leur étron flotter. »

Dès que Jeremiah eut quitté la pièce, Benson se dirigea vers le miroir sans tain.

« Alors ? Qu'est-ce que t'en penses ? Il est en train de se chier dessus ou quoi ? »

Assis sur le siège des toilettes, Jack attendait. Il se sentait assez mal, sournois. La porte s'ouvrit sur Jeremiah – il l'avait précédé de quelques secondes à peine. Comme un pervers, il l'écouta ouvrir sa braguette et se mettre à parler tout seul.

« Respire un bon coup. Doucement… Judith est avec toi… »

Jack écoutait intensément en essayant de contrôler sa respiration. Pendant quelques secondes, seuls des bredouillements inaudibles sortirent de la bouche de Jeremiah. Ensuite, plus rien. Pas un bruit. Pas même celui de la pisse contre l'urinoir, pas même un pet.

Tout à coup, le silence fut rompu par le bruit d'une fermeture éclair, suivi de celui de la chasse d'eau. Le sèche-mains se fit entendre et, quelques instants plus tard, la porte qu'on ouvre et qu'on referme.

Jack se rua pour arriver avant le début de l'interrogatoire. En ouvrant la porte des toilettes, il trébucha et percuta Jeremiah.

« Oh, désolé, marmonna-t-il en maudissant sa stupidité.

– C'est… c'est bon », marmonna Jeremiah, un peu secoué.

« Vous êtes-vous bien libéré l'esprit ? demanda Benson, ironique, à un Jeremiah légèrement ébranlé alors qu'il revenait dans la salle d'interrogatoire.

Apparemment humilié, ce dernier ignora la remarque. L'irruption aussi étrange que soudaine de l'homme dans les toilettes l'avait effrayé. Il se réinstalla sur sa chaise et s'éclaircit la voix d'un toussotement.

« Je sais que vous ne faites que votre devoir, inspecteur Benson, et je vous prie d'excuser mon emportement. C'est juste que l'idée est absurde, Joe ne ferait pas de mal à une mouche. Vraiment. Il a un cœur gros comme ça. »

Benson but son café tiède. Dommage qu'il ne soit pas plus fort, se dit-il, en grimaçant à la dernière phrase de Jeremiah.

« Quelquefois, Monsieur Grazier, nous n'avons pas la moindre idée de ce qui se cache sous la peau et les os des gens. C'est une machinerie complexe et fragile. Un mauvais branchement suffit à la dérégler.

– Je connais Joe depuis toujours. Ce n'est pas un mauvais homme.

– Connaître quelqu'un ne le rend pas forcément bon, Monsieur Grazier. Est-ce que Dieu ne connaissait pas Lucifer depuis très longtemps ? N'étaient-ils pas les meilleurs amis du monde ? Et ce bon vieux Luci a tout gâché en se laissant pousser une queue et des cornes. »

Jeremiah se raidit visiblement. Son visage se rembrunit.

« Je n'aime pas beaucoup vos paroles, inspecteur Benson. »

Retroussant les manches de sa chemise, Benson exposa des bras puissants qui avaient instillé, depuis des années, la peur de Dieu à de nombreux suspects. Exposant tout ce qui avait fait de lui un boxeur intrépide, il posa des mains grosses comme des côtelettes à côté de celles de Jeremiah. On aurait dit un boucher pesant de tout son poids pour massacrer une bête nerveuse.

« J'ai déjà eu des plaintes à ce sujet, Monsieur Grazier. Ma femme m'a dit exactement la même chose. »

Jeremiah se raidit davantage mais garda le silence.

Pendant les minutes suivantes, Benson feuilleta les pages de son carnet pour vérifier ses notes. De temps en temps, il jetait un regard à Jeremiah en souriant.

Jeremiah ne lui retournait pas son sourire.

« Vous nous avez été d'une grande aide, Monsieur Grazier. Merci de votre temps. Vous pouvez partir, maintenant. »

L'air passablement soulagé, Jeremiah se leva et, sur un ton maintenant beaucoup plus calme, dit :

« Je suis sûr que vous allez faire votre possible pour retrouver Joe. Pourriez-vous lui dire que les choses ne sont jamais aussi noires qu'elles le paraissent ? De ça, je suis totalement certain.

— Oh, ne vous en faites pas, Monsieur Grazier. Nous ferons tout notre putain de possible pour retrouver votre ami. De ça, je suis totalement certain. »

« Alors, qu'est-ce que t'en penses ? demanda Benson en entrant dans la salle d'observation.

— Dur à dire, d'ici. Il m'a semblé un peu nerveux, mais c'est assez fréquent, surtout quand il faut se colleter avec un grand singe dans ton genre.

— Il a du pot qu'on ne pende pas les gens sur leur mine, rigola Benson.

— Il a lu tes notes, dit Jack d'une voix douce.

— Quoi ? Qu'est-ce que tu me racontes ?

— Quand tu lui as tourné le dos, il a lu tes notes.

— Pendant que je faisais le café ? » demanda Benson en retrouvant le sourire.

Jack fit signe que oui.

« Désolé de te décevoir, c'était voulu. Un petit piège que je lui ai tendu, mais il n'est pas tombé dedans. Je l'ai tenu à l'œil et il n'a pas bougé.

— Pas besoin, soupira Jack. Il lit avec ses doigts.

— Ses doigts ? fit Benson dans un éclat de rire. T'es sûr que c'était pas avec son cul ? Tu devrais te reposer, Jack. Si j'étais toi, je…

— Perception tactile.

— Tactile quoi ?

— Perception tactile. Les aveugles ou les malvoyants développent ce genre de talent. C'est comme ça qu'ils lisent le braille. Quand la peau entre en contact avec la ligne, une relation critique s'établit avec la capacité de transmettre l'information tactile par le cerveau.

— Conneries ! Et qu'est-ce qui te rend si expert en charlatanisme ?

— Ce n'est pas du charlatanisme, c'est un fait scientifique. Et, si j'en sais autant, c'est parce que ma mère était juridiquement aveugle. Elle lisait plus vite avec ses doigts que moi avec mes yeux. »

Benson avait l'air à la fois gêné et indigné.

« Tu ne m'as jamais dit que ta mère était aveugle.
– Les doigts d'un aveugle ou d'un malvoyant effleurent les marques symétriques gravées sur le papier et les transfèrent consciemment ou non en mots, pensées, idées ou émotions. Le processus cognitif impliqué dans la lecture de textes écrits à la main est le même que celui pour ceux écrits en braille.
– Tu commences à ressembler à Shaw, avec toutes ces phrases savantes. Mais je ne suis toujours pas entièrement convaincu.
– Si tu ne me crois pas, tu n'as qu'à visionner le film.
– C'est-ce que je vais faire, gros malin. »
Jack regarda Benson mettre l'appareil en marche.
« J'aurais pu être acteur, dit Benson. Quand j'étais plus jeune, j'ai failli le faire. J'avais le talent pour.
– Pas l'allure, en tout cas », dit Jack en observant sur l'écran Benson qui se tournait vers la machine à café. Il avait raison, se dit-il : il gardait vraiment Jeremiah à l'œil en vision périphérique.
« Satisfait ? Il n'a pas bougé. C'est bien ce que je te disais, non ? »
D'une pression sur le bouton de la télécommande, Jack fit un arrêt sur image.
« Là. Tu vois ?
– Que dalle », dit Benson, le visage collé sur l'écran.
Jack revint en arrière, puis pressa successivement *stop* et *play*.
« Regarde ses doigts. Rien d'autre. »
La scène repassa devant les yeux de Benson.
« Ses doigts ? Je ne les vois pas bouger… Attends. Reviens en arrière. Remets en avant. »
Et c'était vrai. Les doigts – du moins les jointures – avaient légèrement bougé. Le reste du corps de Jeremiah était resté immobile comme une statue de glace.

« Vas-y encore un coup », dit Benson d'une voix incertaine.

C'était là. Un mouvement léger, inquiétant, comme un fantôme se déplaçant sur une tombe.

« Putain ! jura Benson en prenant la télécommande des mains de Jack pour rejouer la scène. Putain ! ça fout les jetons !

– Plus la surface de peau en contact avec l'écriture est grande, plus la perception tactile est efficace, expliqua Jack. Il faisait bon et chaud dans la pièce, et les doigts froids ne lisent pas très bien.

– Merci de cette info tardive. J'aurais mieux fait de l'interroger dans un putain de réfrigérateur.

– Tu n'as pas parlé de ce qu'on avait trouvé chez Harris ?

– Bien sûr que non. Je voulais voir si Grazier pouvait ajouter quelques ingrédients intéressants au gâteau. Moins il en sait pour l'instant, mieux c'est. Si l'on en croit les bordereaux bancaires trouvés dans sa chambre, Harris a retiré une grosse somme de son compte. Dix mille. Probablement ses économies. Enfin, ce qu'il ne donnait pas aux usuriers. Je suis sûr qu'il était du genre à se plaindre de ne pas avoir un pot pour pisser... Oh, j'allais oublier. Il s'est fait faire un passeport il y a deux ans. On n'a pas pu le retrouver.

– Tout montre qu'Harris voulait quitter le pays.

– À nous de découvrir s'il voulait fuir les usuriers ou s'il pensait que nous nous rapprochions dangereusement de lui, dit Benson en sortant son paquet de clopes et un briquet avant d'en offrir une à Jack.

– Non, merci. »

Benson actionna sans succès la roulette de son briquet.

« Ce putain de feu est fatigué. Un peu comme ma tête en ce moment. »

Jack fouilla dans ses poches et en sortit des allumettes.
« Tu crois qu'il est au courant ? demanda Benson.
– De quoi ?
– Du penchant d'Harris pour les enfants. Il a sûrement dû soupçonner quelque chose de pas casher chez son pote.
– Peut-être.
– Tu crois qu'il l'a aidé à fuir ?
– Fuir ? répondit Jack. L'avenir nous dira si ce mot n'est pas trop généreux. »

30

> *Still as he fled, his eye was backward cast
> As if his fear still followed him behind.*[1]
>
> Edmund Spenser, *The Faerie Queen*

« Tu as bien fait. Arrête de te juger si durement », dit Judith, debout devant la fenêtre dans laquelle se reflétait Jeremiah.

La pluie commençait à tomber et à se mélanger à la glace.

« C'était horrible. Toute l'après-midi, j'ai eu l'impression que quelqu'un m'épiait. Quelqu'un de beaucoup plus dangereux que ce gros bœuf.

— Oh, mais on te regardait, ne te fais aucune illusion. Ces miroirs ne sont pas là pour faire joli.

— Le gros flic n'a pas arrêté de me parler de Joe. Ça m'a troublé, mais j'étais sur mes gardes, et je suis resté poli et cordial, jamais énervé. Jamais je ne lui ai donné le moindre indice de la fureur qu'il provoquait

---

1. Comme il s'enfuyait encore, son regard fut attiré en arrière / À croire que sa peur le poursuivait toujours.

en moi. Ça n'aurait servi qu'à lui donner des raisons de me suspecter. »

La pluie frappait maintenant la fenêtre de plus en plus fort, distordant le reflet de Jeremiah au point que Judith ne le voyait plus dans la vitre.

« Ils te reconvoqueront », dit-elle d'un ton détaché.

Jeremiah sursauta comme si on venait de connecter sa chaise à l'électricité.

« Encore ? Mais je leur ai dit exactement ce qu'ils voulaient entendre, exactement ce que tu m'as demandé de leur dire. Ils sont sûrs que Joe a quitté le pays sans demander son reste. Que pourraient-ils penser d'autre ? »

Des alternatives, pauvre idiot, faillit-elle répondre. Assez pour qu'ils puissent choisir.

Elle observait Jeremiah s'agiter en tous sens. Elle aurait voulu le blesser physiquement, mais il avait appris à jouir des coups, presque autant qu'elle jouissait en les lui administrant. Elle allait devoir trouver d'autres moyens, plus subtils, de le faire souffrir.

« Tu ne m'écoutes pas, dit Jeremiah dont la peau moite brillait comme du plastique. Tu m'avais dit que nous serions bientôt seuls. Quand allons-nous nous débarrasser de lui ? Il est là depuis trop longtemps. C'est dangereux.

– Viens ici », murmura-t-elle.

Il se leva docilement et s'avança vers elle.

« Serait-ce de la jalousie ? le taquina-t-elle. Un adulte jaloux d'un gosse ?

– Tu m'avais promis que l'on serait à nouveau seuls... Comme avant. S'il te plaît... Expédie-le pour toujours dans les ténèbres. »

Elle souriait, ses lèvres luisant de façon obscène, comme des escargots gras et nu.

« Tu voudrais bien, n'est-ce pas ? »

Jeremiah hocha la tête à contrecœur, comme s'il n'accordait aucune confiance à ses propres mots, comme s'il savait qu'ils finiraient en sanglots.

« Le gosse m'a dit qu'il m'aimait », dit-elle.

Ses yeux virèrent à l'encre et elle posa les mains sur la poitrine de Jeremiah. Elle pouvait sentir son corps se raidir et son cœur battre furieusement comme s'il cherchait à s'évader. On aurait dit un oiseau affolé dans une cage d'os.

Elle plaqua son nez contre sa peau et inhala une odeur d'angoisse et d'insécurité mêlées, rehaussée d'une touche de frayeur post-interrogatoire. Une odeur puissante, enivrante et, elle devait l'admettre, aussi étourdissante que les prémisses de son prochain fix d'héroïne. Mais elle traquait d'autres odeurs sur la peau grasse de Jeremiah : celles du café, du tabac et de l'after-shave. Elle se représentait le flic costaud le dominant comme un gratte-ciel de muscle et de cartilage. C'était pourtant une autre fragrance qu'elle cherchait, celle de l'autre flic, caché derrière la glace sans tain et qui, sans le moindre doute, l'avait observé.

Les yeux fermés, elle promena ses narines frémissantes sur la peau et les vêtements de Jeremiah. Elle s'arrêta juste sous sa joue gauche. C'était là. L'odeur de l'autre flic, le mateur. Mais il y avait autre chose : de l'urine, des excréments et du mauvais savon. Qu'est-ce que ça faisait là ?

« As-tu demandé à aller aux toilettes pendant l'interrogatoire ?

– Je... Oui. J'avais besoin de réfléchir. Mais je ne me suis pas soulagé. C'était juste pour souffler un peu, pour me...

– C'était stupide, stupide et dangereux. Jamais tu m'aurais dû quitter la salle d'interrogatoire. Ça ressemblait à une évasion. Pourquoi choisis-tu toujours la faiblesse au lieu de la force ?

— Qu'y avait-il de mal à… ?

— *Sshhhhh* », siffla-t-elle, les yeux légèrement vitreux.

Cette odeur la préoccupait. Sous la merde, la pisse et le savon, elle détectait le mateur. Avait-il suivi Jeremiah aux toilettes parce qu'il soupçonnait quelque chose ? Qu'est-ce que c'était ? Elle connaissait cette odeur, mais d'où ? Diluée, peut-être, mais sans aucun doute la même. Où ? *Où ?*

« Tu ne sers à rien, dit-elle en le bousculant. Tu n'es même pas capable de garder leurs odeurs sur ta sinistre peau.

— Mais qu'est-ce que j'ai fait ? s'écria Jeremiah. J'ai pourtant suivi tes instructions ! Qu'est-ce que j'ai fait de mal ? Aide-moi à me rattraper s'il te plaît. S'il te plaît… Tu sais que je ferais n'importe quoi pour toi.

— Ils arrivent, ils sont après nous, souffla Judith en reprenant contenance. Ils vont être ici d'un moment à l'autre, comme une tornade, ne te fais aucune illusion.

— Quoi ? dit Jeremiah dont le visage se vidait de son sang. Non, non, tu te goures. Je les ai trompés, je peux les tromper encore.

— C'est toi que tu as trompé. Pas eux.

— Je… Je ne permettrai pas qu'on te fasse du mal », répondit Jeremiah d'une voix inhabituellement forte.

Elle lui caressa doucement la tête.

« Je sais bien que tu ne le permettras pas », dit-elle, les lèvres soudain réduites à deux lignes acérées.

31

Car doutes et secrets sont un leurre parmi les leurres
Et il n'y a pas pire horreur
Que la torture quotidienne de la banalité.

H.P. Lovecraft, *Ex Oblivione*

Ç'avait été une dure et longue journée pour Benson, et elle n'était pas terminée. Chez lui, Anne et ses questions à propos d'Adrian l'attendaient, comme s'il était coupable de la disparition de son filleul. C'était une situation sans issue. L'histoire de sa vie. Après l'interrogatoire, pas vraiment fructueux, de Grazier, il avait l'impression d'avoir failli devant Jack en permettant à cette sale bête de barbier de le balader.

Épuisé, il ouvrit la porte de sa voiture et se trouva nez à nez avec une silhouette installée dans le fauteuil du conducteur.

« Espèce d'enfoiré ! Tu m'as foutu une trouille de tous les diables. Qu'est-ce que tu fous dans ma putain de voiture au beau milieu de cette putain de nuit ?

— As-tu vérifié les déclarations de Grazier ? Celles qu'il a faites à l'équipe venue l'interroger ? demanda Jack.

— Bien sûr que j'ai vérifié, sauf qu'il n'en a fait aucune, du moins, d'après Starsky et Hutch, les deux gamins à peine sevrés qui se prétendent inspecteurs de police.

— Quoi ?

— Ils ont collecté des centaines de déclarations cette semaine-là. Ils devaient repasser au salon, vu que notre bon pote Grazier était absent. Ils n'ont vu que *Pervers Harris*.

— Et ils n'y sont pas retournés ?

— Bien sûr que non. Tu penses bien que ces deux branleurs avaient autre chose à foutre, du genre mater les Simpson à la télé, soupira Benson d'un air dégoûté. Je vais te dire un truc, Jack : plus vite je dégagerai de ce boulot et mieux ce sera. Tous ces novices suivent le manuel à la lettre. L'ennui, c'est que quand le manuel ne fournit pas de réponse, ils se comportent comme des putains de robots incapables de penser par eux-mêmes.

— Donc, Grazier nous a baladés.

— Le mot est faible. Cette espèce d'étrange salopard nous a servi de la merde. Je vais devoir le ramener ici et le caresser à coup de Ne-m'oublie-pas, si tu vois ce que je veux dire.

— Vaut mieux le laisser mijoter. Il est assez intelligent pour comprendre que ce n'est qu'une question de temps avant que l'on découvre qu'il nous a menti. Avec un peu de chance, ça le fera commettre quelques imprudences à notre avantage.

— Pourquoi ai-je l'étrange pressentiment que tu avais une autre raison de te planquer dans ma voiture en pleine nuit ? fit Benson avec un sourire circonspect.

— J'ai pensé qu'il valait mieux te le demander en face. Tu m'aurais probablement raccroché au nez si je t'avais téléphoné. J'ai besoin d'une faveur.

– Une faveur ? grommela Benson. Venant de toi, ça signifie quelque chose d'illégal. C'est quoi, cette fois ? Tu veux pénétrer dans l'ordinateur central du quartier général de la police ? Voler le déjeuner de Wilson ? Je t'en prie, illumine-moi de tes nouvelles trouvailles. »

En dépit de sa propre fatigue, Jack ne put s'empêcher de sourire.

« J'ai besoin que tu me laisses entrer dans l'immeuble Graham. »

Benson eut l'air soulagé.

« Tu te planques dans ma voiture comme un assassin, juste pour me demander une petite balade au Graham ? C'est bizarre, mais, tout à l'heure, Wilson a pondu un mémo déclarant que l'enquête sur le corps trouvé dans le vieil orphelinat était close et qu'il était inutile de continuer à gâcher du temps et des hommes sur cette affaire.

– Rapide et sérieux, fit Jack, dégoûté. Encore un meurtre rapidement non résolu et planqué sous le tapis.

– Les cadavres de sans-abri ne votent pas, tu comprends. Cela dit, je ne vois aucune raison de t'empêcher d'aller y faire un tour. Demain matin, ça te va ?

– Cette nuit.

– Cette nuit ? Dans cette putain d'obscurité ? Je te rappelle qu'il n'y a plus d'électricité... Ça peut sûrement attendre demain, non ? »

Jack s'installa dans le siège du passager.

– J'ai des torches à l'arrière de ma voiture, dit-il en tapotant le siège du conducteur en signe d'invite. Et puis l'obscurité est parfois plus claire que la lumière. »

« Putain d'humidité, dit Benson en s'arrêtant devant l'entrée principale du Graham. On dirait un tas de merde dans la journée, mais c'est encore pire la nuit. Tu es sûr de ne pas vouloir attendre demain ? »

Jack était déjà descendu de voiture et sa torche fouillait l'obscurité de sa lueur blanche. Une grosse chaîne était enroulée autour des battants du portail pour décourager les intrus. Un cadenas gros comme une pomme était attaché à la chaîne. Impressionnant et efficace, sauf pour Jack.

« Je sais, plaisanta Benson comme s'il lisait dans ses pensées. Suffit d'avancer vers le fond et de tomber dans cette putain de cave, comme Charlie Stanton. »

Il sortit une clé de sa poche, et la chaîne et le cadenas tombèrent bruyamment par terre.

« Ça t'ennuierait beaucoup de me dire ce que tu cherches ? demanda-t-il, comme ils s'engageaient dans l'allée délabrée qui menait à l'entrée.

– En toute honnêteté, Harry ? Rien. Peut-être que je m'accroche à des fétus de paille, que je fouille tous les endroits où Adrian pourrait être. Quand j'ai appris qu'un clodo avait trouvé abri dans ce bâtiment oublié, je me suis dit que... »

Ils pénétrèrent dans le hall en se guidant à l'aide de leurs puissantes torches.

« Doucement, prévint Benson. C'est bourré de termites. J'ai failli passer à travers un putain de plancher pas plus tard qu'hier. Et c'était en plein jour. »

L'immeuble puait le chou pourri. Une odeur puissante, nauséabonde, comme si l'on pénétrait dans un taudis tentaculaire, constamment arrosé par un déluge tombant des égouts.

« C'est là que le vieux Charlie a trouvé la pédale en prière, annonça Benson alors qu'ils entraient dans l'ancienne buanderie. Les types du labo ont fait leur habituel et merveilleux boulot en salopant tout. Quoique, pour rendre justice à cette bande de feignasses, je soupçonne fort Charlie d'avoir foutu le bordel en détruisant et en volant tout ce qu'il a pu. Ce bon vieux Charlie ne m'a pas l'air d'être un membre éminent de la communauté.

– Rien ne te dit que la victime était gay, dit Jack, histoire d'énerver Benson en contrant son homophobie bien connue.

– Un putain d'énorme godemiché planté dans le cul et c'était pas une tapette ? Qu'est-ce qu'il faisait, d'après toi ? Il se curait les oreilles ? »

En sortant de la buanderie, ils tournèrent à gauche, dans le dortoir principal. Il était absolument vide, exception faite d'une série de petits tas de merdes posés comme des balises.

« Joli, non ? Le plus grand trou à merde de la ville, ricana Benson. Qui a dit que les sans-abri n'étaient pas des ménagères ? Putain ! ça schlingue velu. »

Le désappointement gagna Jack à mesure que les pièces vides se succédaient. Ce vieil immeuble était profondément déprimant. Jack connaissait des prisons beaucoup plus accueillantes. Comment des gosses avaient-ils pu supporter de vivre dans de telles conditions ?

« T'en a pas assez de ta petite balade au palais des merveilles ? demanda Benson. Il ne va pas tarder à faire jour et je ne suis pas sûr que tu veuilles vraiment voir de quoi ça a l'air en pleine lumière. Fais-moi confiance.

– Encore deux ou trois pièces et on se tire. Je suis content de m'être ôté ça de la tête, Harry. Même si je n'ai rien trouvé. »

Benson sortit de sa poche ses clopes et son briquet.

« T'en veux une ?

– Pas maintenant. Je veux d'abord jeter un œil dans cette pièce.

– Ça te fait rien si je m'arrête pour en griller une ? Je te rejoins dans deux minutes, dit Benson en se bagarrant avec son briquet. Putain ! j'y crois pas…

– Tiens, dit Jack en lui tendant sa boîte d'allumettes. Garde-la. »

Jack s'engagea dans le couloir et tourna à gauche dans une grande salle dont l'entrée s'ornait d'un panneau portant la mention « Salle de Contrôle ». Comme toutes les autres, elle était pratiquement nue. À croire qu'un nuage de sauterelles humaines l'avait envahi pour tout y arracher, à part quelques affiches déchirées collées aux murs et un vieux lit rouillé fermement fixé au plancher.

« *Les clés de la salle de contrôle ne doivent jamais sortir de la salle de contrôle* », disait une vieille note de service épinglée au mur. « *Tout manquement sera passible du conseil de discipline.* » On avait rajouté quelque chose à la main en dessous. Jack déchiffra les mots « va te faire foutre » et « branleur ». Le reste était illisible.

Pointant le rayon de lumière sur les autres murs, Jack se concentra sur les graffitis dans l'espoir de reconnaître une écriture ou de découvrir un message codé. La lumière donna des signes de faiblesse et il se maudit d'avoir négligé de vérifier les piles avant de s'engouffrer dans cet horrible bâtiment.

« Ne me laisse pas tomber maintenant, murmura-t-il au moment où les piles flanchèrent. Merde. »

La pièce fut plongée dans l'obscurité. Pour quelque inexplicable raison, Jack se sentit soudain en danger, comme un gamin dans une maison hantée. Il se mit à tâter frénétiquement ses poches avant de se souvenir qu'il avait donné sa boîte d'allumettes.

« Harry ! cria-t-il en se sentant aussi puéril que désorienté. *Harry* !

– Quoi ? répondit en écho la voix de Benson. Qu'est-ce qu'il y a ?

– La lumière ! J'ai besoin de lumière ! Les piles sont mortes ! »

Malgré la distance, il entendit Benson maugréer de ne pouvoir fumer une clope en paix.

« Où es-tu ? Dans quelle salle ?

– La salle de contrôle. Pratiquement au bout du couloir. »

La voix de Jack se calmait à mesure qu'il entendait les pas de son pote s'approcher et la lumière de sa torche percer les ténèbres.

Soudain, de minuscules rais de lumière filtrèrent à travers le mur, comme des spectres ou les yeux de créatures mortes. Elles firent le tour de la taille de Jack, sorte de ceinture scintillante, avant de disparaître dans la nuit.

« Harry ! Harry ! Je suis là, dans la salle de contrôle ! Il y a un panneau au-dessus de la porte.

– Okay, okay, je t'entends, mais je ne vois aucun panneau », marmonna Benson, sur la défensive.

Quelques secondes plus tard, il apparaissait à la porte de la salle de contrôle.

« Putain ! T'as pas fini de jouer à cache-cache ? On peut y aller maintenant ?

– Retourne sur tes pas jusqu'à la porte précédente et éclaire le mur avec ta torche comme tu viens de le faire.

– T'es dingue ou quoi ? Si tu t'imagines que je vais faire marche arrière juste pour éclairer le…

– Arrête de râler et fais ce que je te demande », siffla Jack dans le silence lourd de la pièce.

Benson lança un sale œil à son ex-partenaire avant de s'exécuter de mauvaise grâce.

« T'as plutôt intérêt à avoir raison. J'en ai plein le cul de cette merde. »

Jack l'entendit regagner l'autre pièce d'un pas lourd, comme un gosse injustement puni par ses parents.

Rien. La salle de contrôle restait dans le noir complet. Jack se demanda s'il n'avait pas halluciné. Découragé, il cria à Benson de tout arrêter.

« C'était rien, Harry, juste mes yeux fatigués qui me jouent des tours.

— Non. C'est moi qui n'ai pas été foutu d'allumer cette putain de torche, maugréa Benson en réponse. Est-ce que t'as vérifié les piles... Attends... Ça y est, c'est revenu !

— Tiens-la comme ça, Harry ! Comme ça ! »

La lumière filtrait de nouveau à travers les murs à la manière d'un vieux projecteur, des grains de poussière dansant dans le faisceau de la lampe.

Jack suivit la lumière et boucha les trous avec ses doigts.

« Tu vois mes doigts, Harry ?

— Bien sûr que je les vois tes putains de doigts. À quoi tu joues ?

— Ne bouge pas la lumière. J'arrive. »

Aussi rapidement et aussi prudemment que possible, Jack avança à tâtons vers l'autre salle.

« C'est quoi ce merdier ? demanda Benson.

— Peut-être rien, peut-être un million de trucs, répondit Jack. Fais passer la lumière le long du mur, juste là où il y a des trous. »

Benson balaya doucement le mur comme s'il grattait des restes de peinture. Il y avait dix trous.

« Okay. Le mur a des trous. Et alors ? Moi aussi, j'en ai.

– Ils ne sont pas là par hasard, fit Jack. Trop bien disposés, trop parfaits. »

Se servant de ses mains comme d'une brosse sur le sol, Jack balaya déchets et poussière et fit apparaître ce que les années avaient tenté de cacher.

« Des éraflures… De méchantes empreintes. Probablement faites par des chaises.

– Et alors ? demanda Benson avec un haussement d'épaules.

– Passe-moi ta torche et glisse un œil à travers n'importe lequel de ces trous. Je vais de l'autre côté. Dis-moi ce que tu vois. »

Un instant plus tard, Benson constata que la lumière de la lampe révélait le seul objet qui comptait pour Jack : le lit.

« Je pige toujours pas, marmonna-t-il alors que Jack revenait à ses côtés.

– Des voyeurs.

– Des putain de mateurs ? dit Benson en crachant la poussière. T'es sûr ? Comment peux-tu en être certain ? »

Jack était livide. Même dans cette obscurité étouffante, Benson le voyait clairement. Plus préoccupante, l'absence de réponse à sa question. Son ex-partenaire n'avait rien dit. Ce faisant, il avait tout dit.

32

*The City is of Night ; perchance of Death
But certainly of Night.*

James Thomson,
The City of Dreadful Night

Épuisé, Jack ouvrit la porte de chez lui et faillit marcher sur le petit colis qui gisait sur le tapis de l'entrée.

Son nom était dactylographié sur le dessus, mais pas son adresse. Jack se demanda ce qui avait pu pousser quelqu'un glisser un paquet dans sa boîte aux lettres à cette heure de la nuit.

Il l'ouvrit et fut très étonné d'y découvrir une culotte en dentelle noire, de taille moyenne et, au toucher, de prix élevé.

« Qui diable peut m'envoyer… ? » Une photographie tomba de la culotte. « Sarah… ? » C'était une photo de Sarah, souriante, à côté d'un tableau de la galerie.

Jack jeta un coup d'œil à sa montre et décida de l'appeler. Il se souvint alors qu'elle était à Dublin et ne devait revenir que le lendemain. Peut-être avait-elle tout simplement écourté son voyage ?

Il l'appela chez elle mais n'obtint que son répondeur. Pas découragé pour autant, il décida d'appeler son hôtel à Dublin.

« Bonsoir, vous serait-il possible de me mettre en communication avec la chambre de Sarah Bryant, s'il vous plaît ? »

Quelques secondes plus tard, la voix ensommeillée de Sarah lui répondit.

« *Allô ?*

— Sarah ? C'est Jack. Désolé de te déranger. Tu dormais ?

— *Jack... ? Non... Enfin, oui, mais ne t'en fais pas, chéri. Quelque chose ne va pas ?*

— Je sais que ça a l'air étrange, mais est-ce que tu m'as fait déposer quelque chose, cette nuit ? Enveloppé dans du papier marron. »

Il pouvait presque entendre son corps se raidir dans le lit.

« Quelque chose ? Quel genre de chose ? »

Une sensation de froid commençait à se répandre dans son estomac. Il sentit ses cheveux se dresser sur sa nuque.

« Une petite culotte en dentelle.

— *Quoi ? Tu es sérieux ?* fit-elle en riant. *Bien sûr que non. Pourquoi aurais-je fait une chose pareille ? Je sais bien que je suis un peu…*

— Sarah, tu en es sûre ? Il faut que je sache si c'est une farce que tu as voulu me faire. Il y a une photo avec. Une photo de toi, debout à côté de la toile qui ressemble à un oranger avec des mouettes nichées dedans. »

— *Des colombes, pas des mouettes*, fit Sarah après un long silence glacial. La Paix dans un Oranger *de Paul Thornton. Un artiste jeune, mais prometteur. Mais comment... Je ne comprends pas. La photo est dans un des tiroirs de ma chambre.* »

Dans l'estomac de Jack, le froid s'était changé en glace.

« Ce n'est probablement rien, peut-être un de tes employés qui veut nous faire marcher. »

L'explication était plutôt faiblarde, Jack en était conscient, mais c'était tout ce qu'il avait.

« *Tu veux que je rentre tout de suite, Jack ? Je devais être là demain matin, de toute façon.*

– Non, pas la peine. Qui que ça puisse être, ça lui ferait marquer des points. Je te l'ai dit, c'est probablement pas grand-chose.

– *Okay... Jack ?*

– Oui ?

– *Tu as des nouvelles d'Adrian ?*

– Pas encore.

– *Je suis désolée qu'il nous ait découverts. C'est de ma faute. J'aurais dû te téléphoner au lieu de débarquer comme ça chez toi.*

– Ça n'a rien à voir avec toi, mentit-il. On va le retrouver. Ne t'en fais pas. À demain. N'oublie pas de me téléphoner dès que tu es rentrée, okay ?

– *Oui. Bonne nuit, chéri* », dit-elle en raccrochant.

La visite de nuit à l'orphelinat l'avait déstabilisé, mentalement et physiquement. Il avait compté sur une bonne nuit de sommeil pour récupérer, mais le mystérieux colis avait bousillé cet espoir.

Il était à peine arrivé dans sa chambre que le téléphone se mit à hurler.

« Sarah ? fit-il en empoignant le combiné.

– *Avez-vous reçu mon petit cadeau ?* » demanda une voix au souffle lourd.

Cette fois, Jack était préparé. D'une pression du pouce, il mit en marche le magnétophone.

« Qu'avez-vous fait de mon fils ?

— *Vous êtes en train de perdre un temps précieux, ex-inspecteur Calvert, autant que j'en ai perdu cette nuit à attendre votre pute dans sa chambre. Vous êtes un sacré hypocrite, tout de même. Vous prétendez chercher désespérément votre fils alors que vous ne pensez qu'à baiser.* »

Jack serra le téléphone à s'en faire péter les jointures. Cherchant désespérément à contrôler sa voix, il parvint à dire :

« J'aime mon fils plus que n'importe qui sur cette...

— *Menteur !* siffla la voix. *Encore un mensonge de ce genre et je coupe la communication, et la gorge de votre fils par la même occasion.* »

Respire normalement, se dit-il. De bonnes et longues bouffées.

« Que... Que voulez-vous de moi ?

— *J'ai attendu cette pute deux jours entiers chez elle, simplement pour lui faire une petite surprise*, fit la voix dans un éclat de rire. *Mais elle ne s'est pas pointée. Est-ce qu'elle serait avec vous ? En train de vous caresser les couilles et de vous embrasser la bite ?*

— Non, elle n'est pas là. Elle n'était pas là.

— *Vous n'êtes pas en train de me mentir, n'est-ce pas ? Je n'aime pas qu'on me mente.*

— Je ne mens pas. Ça fait plusieurs jours que je n'ai pas vu Sarah. J'ai cru que c'était elle qui m'appelait.

— *Sans blague ? Désolé de vous avoir déçu. Je suis sûr qu'Adrian adorerait savoir ce que vous faites au lieu de le chercher, espèce d'hypocrite salopard.* »

Un bruit d'enfer lui cognait dans la tête, l'empêchant

d'entendre clairement la voix de son bourreau. Le bruit de son cœur dans sa poitrine.

« S'il vous plaît... S'il vous plaît, ne lui faites pas de mal. Pourquoi vous en prendre à lui ? Ce n'est qu'un enfant. Il n'a jamais rien fait...

– *S'il vous plaît, ne lui faites pas de mal*, se moqua la voix. *Non ? Et pourquoi ? Vous lui avez fait mal vous-même un grand nombre de fois, n'est-ce pas ?* »

Jack avait la bouche trop sèche pour répondre.

« *N'est-ce pas ?*

– Oui.

– *Et vous souhaitez réparer, n'est-ce pas ?* »

Il ne répondit pas.

« *N'est-ce pas ?*

– Bien sûr.

– *Que feriez-vous pour sauver Adrian ?*

– N'importe quoi, dit-il en essayant de déglutir. Je ferais n'importe quoi. Si vous voulez de l'argent, je peux vous donner...

– *J'ai une proposition à vous faire. Tuez Sarah Bryant*, dit la voix aussi calmement que si elle lisait la liste des commissions.

– Qu'est-ce que... ?

– *Shhhhh. Ne m'interrompez pas. Écoutez bien : le temps nous est compté à tous, surtout celui de votre fils, si vous voyez ce que je veux dire*, fit la voix en marquant un temps d'arrêt. *Parfait. J'aime mieux ça. Maintenant, vous allez mettre en œuvre vos talents de policier et la tuer, vous êtes bon dans ce genre de chose. Je vous laisse le choix de la méthode. Mais ce doit être douloureux. Elle doit souffrir avant de mourir. C'est impératif. Vous comprenez ?*

– Je...

– *Est-ce que vous comprenez ?* siffla la voix.

– Oui.
– *Bien. Réjouissez-vous. À votre voix, on croirait que c'est Adrian qu'on vous demande de tuer, et non une putain qui ne mérite que ça. Maintenant, pour vous aider à vous montrer plus enthousiaste, sachez que je vous récompenserai en fonction du caractère imaginatif des techniques que vous aurez mises en œuvre. Il vous faudra atteindre vingt points... non, disons vingt et un – mon nombre fétiche – pour libérer Adrian. Plus vous accumulerez de points, plus vite il sera libre. Si vous n'atteigniez pas le nombre choisi – disons en une semaine –... Je vous laisse imaginer la suite.* »

La communication s'arrêta net.

« Allô ? Allô ? » hurla Jack avant de retrouver son sang-froid.

Il appuya sur un bouton et demanda.

« Vous l'avez eu ?

– *Non, monsieur*, dit la voix du jeune flic à l'autre bout du fil. *Il nous a manqué quelques secondes...* »

Découragé, Jack raccrocha si violemment qu'il cassa le combiné.

33

La vérité est rarement pure, et jamais simple.

Oscar Wilde,
L'Importance d'être constant

« Sarah ne voit personne qui puisse lui en vouloir à ce point, dit Jack en repassant la bande à Benson. Elle n'a pas non plus reconnu la voix.

— Ça ne nous aide pas beaucoup, grimaça Benson en buvant le café que lui avait préparé Jack. Et si c'était un artiste mécontent ? On sait bien quels connards susceptibles vous faites ! Peut-être que ça l'a rendu fou de jalousie de voir tes toiles exposées chez Sarah.

— J'ai un peu de mal à croire qu'on ait kidnappé mon fils à cause de mes toiles.

— J'avais du mal à croire qu'on puisse entrer dans une église pour tuer le curé, renifla Benson. Pourtant, c'est arrivé.

— Il y a eu vol et vandalisme, Harry. Le rapport dit qu'on a volé de l'argent, bousillé deux statues et que le curé a surpris les intrus par hasard.

— Un rapport bidonné. On ignore s'il y a eu vol.

Wilson a pondu ce scénario pour ses copains journalistes. Il a dû se dire que les gens se sentiraient plus en sécurité s'il s'agissait d'un simple cambriolage ayant mal tourné, plutôt que d'un adorateur de Satan cavalant partout en décapitant les statues.

— En décapitant les statues… ? répéta Jack, les sourcils froncés. Comment le curé a-t-il été tué ? Tu as une idée, ou bien c'est bidonné, ça aussi ?

— D'après le rapport initial, il a été cogné avec un instrument contondant. Une pierre, certainement. Pourquoi ? Pourquoi tu me regardes comme ça ?

— Je pense au corps décapité du Graham.

— Ouais, ben tu peux arrêter tout de suite. L'affaire est bouclée à double tour, ordres de Wilson. Ne pense même pas à retourner là-bas, parce que c'est non. Maintenant, tu devrais suivre mon avis et aller te coucher. C'est pas en te transformant en zombie que tu vas aider Adrian.

— J'aimerais que tu me tiennes au courant des développements de l'enquête.

— Et moi, j'aurais aimé que tu m'informes plus tôt du premier coup de fil, dit Benson.

— Je sais. J'aurais dû le faire.

— Et plus d'escapade en solo. Si tu me fais pas confiance, pas la peine de m'appeler quand ça t'arrange. »

Benson se leva, prit son manteau et l'enfila.

« D'accord. Tu seras le premier à savoir ce qui se passe.

— Je suis désolé de ne pas pouvoir offrir une protection à Sarah, dit Benson en boutonnant son manteau. Wilson m'aurait vidé de son bureau en rigolant. Et je déteste devoir mendier quoique ce soit à cet enfoiré.

— T'en fais pas pour ça. De toute façon, Sarah

aurait refusé. Elle pense que je suis parano et qu'elle est capable de se défendre toute seule.

– Une femme qui a des couilles. Le genre que je préfère », dit Benson en sortant.

Jack referma la porte et revint dans la cuisine pour finir son café. Il n'avait aucune envie d'aller se coucher. Trop de questions, trop de théories à évaluer. En particulier sur les crimes à coups de pierre dans les lieux saints.

On aurait presque dit un verset de la Bible.

34

Ask you what provocation I have had
The strong antipathy of good and bad.[1]

Alexander Pope, *Imitations of Horace*

« Bon dieu, cette nuit, Sarah ! cria Jack, hors de lui. Il était là, dans ta chambre, il y a moins de deux jours ! Ce n'est pas un jeu. Tu dois accepter que je te fasse protéger. Je connais deux anciens flics plus que volontaires pour ce genre de boulot. Tout ce que tu as à faire, c'est...
– Pas de scène, Jack, s'il te plaît ! Mes clients ne sont pas habitués à ce genre tapage, souffla Sarah en souriant aimablement aux gens qui la regardaient. Tu vas te taper un infarctus si tu ne te calmes pas.
– Okay, soupira-t-il. Je vais me calmer, mais tu ne peux pas faire comme si rien ne s'était passé.
– Sais-tu qu'il y a eu plus de quinze cambriolages dans le quartier, rien que ces deux derniers mois ?
– C'était pas une tentative de cambriolage, Sarah. Il s'est introduit chez toi, dans ta chambre, pour fouiller...

---

1. Demande-toi quelle provocation que j'ai dû subir / La forte antipathie du bon et du mauvais.

– Tu recommences avec ta parano de flic, protesta-t-elle en lui posant les doigts sur la bouche. Tu commences vraiment à m'ennuyer. Je ne suis pas une de ces demoiselles en détresse attendant son chevalier rayonnant d'amour, Jack. En dépit des apparences, je ne mène pas une vie protégée. Pour ton information, et je sais à quel point les flics adorent les informations, avant de te rencontrer, j'ai été menacée, volée, j'ai même eu droit à un couteau sur la gorge de la part d'un type qui aurait bien voulu me violer ; j'ai été témoin du meurtre d'un de mes clients en pleine rue, à Tokyo, et Dieu seul sait le nombre de coups de fil obscènes que j'ai reçus, sans compter tous les dealers de dope qui m'ont accostée pour me fourguer leur merde. Alors, s'il te plaît, arrête de m'insulter avec tes discours machos à la con. Ça ne marche pas avec moi. Je suis assez grande pour me protéger toute seule. Maintenant, je vais retirer mes doigts et tu... nous allons cesser de parler de la pauvre et pathétique créature que tu crois que je suis. Je considère déjà comme une insulte le simple fait d'avoir cette conversation. Compris, Jack ?

– Permets-moi au moins d'habiter chez toi les nuits prochaines, demanda un Jack battu et amer. Si tu ne le fais pas pour ton bien, fais-le pour le mien.

– Tu m'amuses. Moi, te protéger ? Tu aurais fait un excellent homme politique, Jack Calvert, en admettant que ça existe.

– Est-ce que c'est oui ?

– Ce n'est pas non. Laisse-moi un peu de temps pour y penser. Maintenant, si tu n'y vois pas d'inconvénient, j'ai une boîte à faire tourner. »

Elle l'embrassa rapidement sur la joue et le vira de la galerie.

À l'hôpital, Jack se rejouait la scène pour la énième fois en se demandant ce qu'il aurait pu faire d'autre. L'accumulation de signaux de danger aurait dû l'amener à reconnaître qu'elle était vraiment en danger. Mais non. Bien au contraire. Il était le seul fautif. Il aurait dû lui coller un ange gardien aux basques en dépit de ses protestations. Son intuition, même s'il avait parfois tendance à l'ignorer, était une de ses plus grandes forces. Et pourtant il l'avait bel et bien ignorée, et c'était Sarah, pas lui, qui en avait payé les conséquences.

Il ne parvenait même pas à écouter le discours du médecin lui expliquant quel genre de dégâts peut occasionner une balle dum-dum. Il n'entendait que la voix ricanante : « *Je vous avais pourtant prévenus tous les deux. Tu ne croyais tout de même pas que j'avais besoin d'un pauvre connard comme toi pour tuer une pute ? Monsieur le crétin de policier...* »

35

Superior people never make long visits...[1]
Marianne Moore, *Silence*

Il est temps de bouger, se dit Jeremiah en parcourant le vieux journal. Judith avait raison, comme toujours. Le temps de fermer le salon pour de bon était venu. À dire vrai, il n'avait plus vraiment le cœur à faire le barbier. La boutique perdait de plus en plus de clients, ça devenait même alarmant. De toute façon, les gens étaient de plus en plus impatients. Tout devait être expédié en cinq ou dix minutes. Il faut dire que son propre comportement n'arrangeait pas les choses : il laissait tomber ses outils ou marmonnait d'indistinctes réponses chaque fois qu'on l'interrogeait sur Joe.

Jeremiah avaient toujours soupçonné les clients de préférer Joe, ils aimaient son attitude décontractée, ses plaisanteries et ses commentaires-minute de l'actualité, du sport ou de la politique. Du moins, jusqu'à ce que

---

1. Les gens supérieurs ne rendent jamais longtemps visite.

les rumeurs de son implication dans le meurtre de la fille McTiers ne commencent à se répandre. Désormais, le salon était infecté par de vieux clients, des durs à cuire qui l'exhortaient à ne pas écouter les racontars, ils connaissaient trop bien Joe pour leur accorder le moindre crédit.

Il savait qu'il ne devait pas penser à Joe. L'ennui, c'est qu'il n'était pas assez fort ; pas comme Judith. Il pensait à Joe la plupart du temps ; il se savait condamné à l'enfer pour avoir laissé les choses se faire – tout ça à cause du garçon. S'il l'avait laissé mourir de froid dans la forêt, les choses auraient peut-être été différentes.

Judith avait promis de se débarrasser de lui, mais jusqu'à présent elle n'avait pas tenu sa promesse. Elle qui avait toujours tenu ses promesses. De cela aussi il tenait rigueur au gosse. Il commençait à penser qu'elle lui mentait sur ses intentions – ce qu'elle n'avait encore jamais fait – et, une fois de plus, il soupçonna le gosse d'être derrière tout ça.

Tout était de la faute de ce garçon. C'était un oiseau de malheur, le fétu de paille en trop. Il était partout. Dans la tête de Jeremiah et même les journaux – ces torchons scandaleux qu'il avait promis de ne plus lire.

« *Du nouveau sur le meurtre de la galeriste* », proclamait le *Monday* en page quatre. « *"Nous avons reçu appels et tuyaux, mais, malheureusement, aucune information sérieuse sur la fusillade de samedi soir", nous a déclaré le porte-parole de la police. La police privilégie la piste du cambriolage mais n'a pas tout à fait exclu l'hypothèse d'une vengeance d'artiste. Bizarrement, l'ancien et très décoré inspecteur Jack Calvert passe pour un "ami très proche" de Madame Bryant. Le fils de Calvert, Adrian, a disparu dans de mystérieuses circonstances il y a presque deux semaines...* »

« Le très décoré inspecteur ». Ces quatre mots lui filaient des ulcères.

Il ne put attendre et décida de fermer. Une fois à la maison, il demanderait – *prierait* – Judith de faire quelque chose de ce maudit gamin. Si elle refusait, eh bien, il ne lui resterait plus d'autre choix que de...

« C'est ouvert ? » demanda une voix d'homme.

Jeremiah se pétrifia. Il n'avait même pas entendu le carillon de l'entrée.

« Je... J'allais fermer, en fait, marmonna-t-il en faisant disparaître le journal.

– Désolé, mais je viens de recevoir un coup de fil inattendu d'une ancienne copine », dit l'homme en se débarrassant de son manteau malgré l'air furieux de Jeremiah.

Avant qu'il ait eu le temps de protester, l'homme était dans le fauteuil.

« Ça fait des lustres qu'on s'est pas vus. Faut que je sois le plus beau possible. Vous voyez ce que je veux dire ? » dit-il avec un clin d'œil complice, qui rendit Jeremiah encore plus furieux.

Résigné, il se mit à battre un bol de savon, lequel se transforma magiquement en une mousse onctueuse dont il badigeonna le visage de son client.

Rasoir en main, il attendit un petit instant afin que le savon agisse sans se figer.

« Un bon barbier ne laisse jamais le savon se figer », telle était la première règle qu'on lui avait enseignée à l'époque où il n'était qu'un apprenti. « S'il se fige, il bouche les pores et le chaume devient raide comme du crin. »

Jeremiah aiguisa son rasoir sur une lanière de cuir de Russie jusqu'à ce que la lame étincelle. Ensuite, en le tenant expertement entre le pouce et trois autres doigts, il dessina un andain dans l'air avant de s'attaquer à la tendreté du visage de son client.

« C'est terrible, ce qui est arrivé à cette petite fille, celle qu'on a retrouvée dans les bois, dit l'homme.

– Quoi ?

– Je parle de cette petite fille dans la forêt, disparue il y a deux ans. Ne me dites pas que vous n'en avez jamais entendu parler ? fit l'homme en s'examinant dans le miroir. C'est terrible de penser que des monstres se baladent en liberté dans une jolie ville comme celle-là. J'ai toujours dit que ce n'est pas des monstres sous le lit qu'il faut avoir peur, mais de ceux qui sont sur l'édredon. »

Jeremiah sentit ses mains trembler.

« Je n'ai pas vraiment envie de parler de ça, monsieur, dit-il d'une voix faible. C'est un sujet que la ville n'aime pas.

– Malheureusement, nous n'avons plus la peine de mort. De toute façon, la peine de mort, c'est encore trop clément pour des ordures de ce genre, poursuivit l'homme sans se soucier de Jeremiah. On devrait les emmener dans la forêt et...

– Je n'aime pas beaucoup ce que vous dites, monsieur. Je vais être obligé de vous demander de vous retenir de jurer dans ma boutique.

– Oh, j'avais pas l'intention de jurer, dit l'homme sur un ton d'excuse. Mais chaque fois que je pense à ces lâches, ces salauds qui s'en prennent aux membres les plus faibles de la société, eh bien... mon sang se met à bouillir. C'est probablement un faible, ce type ! Des femmes et des enfants ! Il n'est bon qu'à ça. Mais mettez-le face à un homme, il chiera dans ses brailles. C'était déjà sûrement une petite brute à l'école, le genre qui torture les animaux. Je suis sûr qu'il ne prend vraiment son pied qu'en baisant avec des chiens. »

L'homme riait de plus en plus fort. Un rire de paillard, un rire de fond de ruelle. Il sonnait et résonnait contre le crâne de Jeremiah.

Doucement, il posa le coupe-choux contre le cou flexible de l'homme dont la pomme d'Adam protubérante était de la taille d'un œuf d'hirondelle. « Juste une tranche, murmura une voix dans sa tête à l'instant où ses mains se remettaient à trembler. Ça suffirait pour que cette grande gueule disparaisse dans la nuit. Tu peux le faire. Pour montrer à Judith que tu as ce qu'il faut. »

Le regard soudain perçant, l'homme fixa Jeremiah comme s'il lisait dans sa tête.

« Vous allez bien ? demanda-t-il, brisant le cours des pensées du coiffeur.

– Quoi ? Oui... bien sûr. »

En un geste du coude, il ramassa tout le chaume restant.

« C'est fait, monsieur. J'espère que vous êtes satisfait ? »

Examinant soigneusement son visage, l'homme laissa courir sa main sur la peau douce.

« Excellent travail. Je reviendrai. Mon salon habituel va être démoli pour laisser place à un café. Ils transforment tout en cafés.

– Beaucoup de choses sont en train de changer partout, répondit Jeremiah en encaissant d'une main pendant qu'il ouvrait la porte de l'autre. Bonne nuit, monsieur. Et bon retour.

– Merci pour cet excellent rasage. Vous me reverrez sûrement. Je vous le promets », dit Jack Calvert en s'engageant dans l'air frais de la nuit.

II
Printemps :
vie nouvelle, révélations du passé

*Lorsque les chiens du printemps
sont sur les traces de l'hiver...*

Algernon Charles Swinburne,
Atalanta in Calydon

36

Où les morts se rencontrent…
    Samuel Butler, *Live After Death*

Megan Thomson savait qu'elle n'aurait jamais dû manger la truite fraîchement pêchée par son époux, Peter, dans le ruisseau rocailleux. Elle en payait maintenant le prix sous la forme d'une horrible diarrhée qui lui tordait les intestins comme les coups d'une baïonnette brûlante.

« Satané poisson, grogna-t-elle. Je n'aurais jamais dû venir.

– Arrête un peu de râler, veux-tu ? Personne n'a rien eu à redire de ce poisson. C'est simplement que tu ne voulais pas venir avec nous. Tu t'en es assez plainte cette nuit, dans la tente. Tu pensais probablement à ce pathétique loser de Kevin Hamilton. »

Mal à l'aise, les deux compagnons du couple affectaient de ne pas remarquer la dispute.

« Une fois de plus, tu te ridiculises devant tes amis. J'ignore de quoi tu veux parler. Essaye seulement de ne pas me rendre responsable de tes insuffisances sexuelles », rétorqua Megan qui sentait son ventre bouillir.

Depuis combien de temps savait-il pour Kevin ? Elle s'efforça de garder un visage impassible.

« Quand tu finiras par avaler ton acte de naissance, je mettrai sur ta tombe une épitaphe du genre : "Ici repose ma femme adultère, froide, comme toujours", dit Pete, ravi de son humour.

– Et sur la tienne, je ferai inscrire : "Ci-gît mon époux, enfin raide." Maintenant dégage ! cria Megan, les boyaux en feu, en fonçant pour la quatrième fois en moins de deux heures vers le bosquet situé au-dessous du campement.

– Assure-toi d'être sous le vent ! » rigola Pete en la regardant filer en catastrophe sous les arbres.

Alors que Megan ne pouvait espérer pire, il se mit à pleuvoir. « Merde ! J'y crois pas ! »

Comme elle s'enfonçait plus avant, la pluie redoubla. Elle était maintenant assez loin et ne distinguait plus l'embouchure par laquelle elle s'était faufilée. Devant elle s'élevait un entrelacs sombre de buissons et de branchages morts.

« Ça suffira », murmura-t-elle en s'accroupissant, un paquet de mouchoirs à la main. Le soulagement fut délicieux et instantané.

La lune, faiblarde, disparaissait derrière des nuages d'encre, nimbant sa silhouette de sa lumière mourante. Megan se sentit mal à l'aise, vulnérable, toute sa confiance refluant soudain. Elle n'avait encore jamais rien éprouvé de pareil au cours de ses nombreuses parties de camping sauvage. Quelque chose, dans la façon dont l'obscurité l'avait soudain envahie, comme le souffle d'une chose vivante. Quelque chose d'hostile.

Dix minutes plus tard, vidée, elle se leva maladroitement. « Jamais plus, jura-t-elle. Jamais plus de poisson et jamais plus de camping à la con. »

Avec précaution, elle allait quitter l'endroit réservé aux soi-disant toilettes quand elle entendit un bruit de ventouse sous ses pieds. Elle dérapa, perdit l'équilibre et chercha à se rattraper aux branches qui lui griffaient le visage. « Putain ! J'arrive pas à le croire, fit-elle, dégoûtée. J'ai glissé sur ma propre... » Sa voix se mit à dérailler ; elle venait de comprendre qu'elle n'avait pas glissé sur sa propre merde mais sur une chose beaucoup plus sinistre.

« Au nom du Ciel, qu'est-ce... ? » Autour d'elle, tout semblait avoir comme disparu, rien ne semblait plus réel, et elle se tenait là, figée, comme un zombie. Le souffle coupé comme si elle se noyait, la douleur s'emparant de son crâne, elle voulut fuir, courir, mais un fossé se creusait entre ses pensées et les cris qui sortaient de sa bouche. Elle se mit à vomir.

« Au secours ! cria-t-elle jusqu'à ce que sa voix ne soit plus qu'un croassement. À l'aide ! »

Les corps reposaient l'un à côté de l'autre, enfoncés dans la terre, la gorge ouverte et noire de sang, les côtes semblables à des radiateurs rouillés.

37

L'excès de curiosité équivaut à la mort.

H.P. Lovecraft, *Les Rats dans les murs*

En descendant de voiture, Jack croisa son reflet dans le rétroviseur et hésita. Il avait l'air d'un cadavre. Six semaines passées à rechercher Adrian l'avaient terriblement vieilli. Il sentait qu'à tout moment la dépression pouvait l'emporter et faire de lui un crétin bavochant enfermé dans ses sombres souvenirs. Pis, Adrian n'aurait plus aucune chance de s'en sortir. Ne serait-ce que pour ça, il ne devait pas faiblir.

Dans l'aube naissante, les yeux collés à ses jumelles, il se mit malgré lui à scanner l'étendue de la propriété des Grazier à la recherche du moindre indice. Il l'ignorait encore, mais, moins de deux miles à l'est et plus de quatre heures auparavant, Megan Thomson avait découvert les cadavres.

À cette distance, on voyait bien la ferme et son terrain. Le bâtiment avait l'air déglingué. Une route abandonnée traversait l'enclos. Le goudron abîmé luisait faiblement, montrant le chemin à la manière d'une langue chargée. Étrangement, l'endroit était parfaitement silencieux ; pas un bruit, ni de machine ni d'activité humaine. On entendait seulement le frottement stridulant des branches.

Une bande de corbeaux tournoyait au-dessus d'un champ qu'on aurait dit en jachère où trois épouvantails montaient la garde. Ignorant ces sentinelles en haillons, les volatiles s'abattirent sur le sol qu'ils se mirent aussitôt à forer de leurs becs. Jack contempla un moment les trois spectres sombres, sortes d'étranges calvaires.

La ferme des Grazier se cramponnait comme un crabe à une grange massive. Jack apercevait des engins rouillés sur le sol délabré de la grange. Tout avait l'air chaotique et hors service, à croire que personne n'avait touché à rien depuis des dizaines d'années. Du fossé émergeait la silhouette massive d'une vieille voiture ; une bosse de la taille d'une télé portable lui décorait le flanc. Aucun doute, pour Jack : cette voiture était la même que celle qui avait heurté la sienne avec une totale indifférence en pleine tempête de neige, quelques semaines plus tôt.

À la lueur des premiers rayons perçant à l'horizon, dans le crachin de ce petit matin, Jack commença à avancer vers la ferme en évitant soigneusement le chemin. Le sol, spongieux sous ses pas, dégageait une odeur d'herbe mouillée. Au-dessus de sa tête, le ciel, aussi laid que splendide, ressemblait à un saumon éviscéré.

Ciel rouge le matin... se dit-il en caressant, pour se rassurer, le revolver logé dans son étui d'épaule.

Il n'avait pas la moindre preuve que Grazier eût fait quoi que ce fût d'illégal, juste une puissante certitude. Surtout, il n'avait pas le droit d'être là. Benson aurait pété un plomb s'il avait su qu'il s'apprêtait à tout compromettre sur la foi d'une « puissante certitude ». Quant à Wilson, c'était sûr, il l'aurait tout simplement arrêté.

Il devait se montrer prudent. Fouiller, mais pas trop loin. Trouver quelque chose d'assez important pour que Benson puisse obtenir un mandat, puis filer sans demander son reste loin de ce maudit endroit.

Il s'accroupit derrière la voiture des Grazier et dégringola maladroitement le fossé.

La voiture était de traviole, une roue enfoncée dans un trou boueux. Jack passa la main sur la bosse et de minuscules particules bleues sur la carrosserie blanche attirèrent son attention. Aucun doute : il s'agissait de la peinture de sa propre voiture.

Il y avait une fenêtre à mi-distance de l'angle du bâtiment. Il s'en approcha en rampant sur les coudes et les genoux, littéralement écrasé sur le sol.

Épuisé, il appuya la tête contre le rebord de la fenêtre.

Doucement maintenant... Ne te précipite pas... Ne bousille pas tout à cet instant de la partie.

Sa main gauche empoigna le rebord gauchi et des petits morceaux de bois pourri lui restèrent entre les doigts. En voyant les restes de peintures, il sut instinctivement qu'ils contenaient du plomb. Si quelqu'un les avait mis sur la langue d'une petite fille nommée Nancy, elle aurait certainement succombé à une mort épouvantable après de terribles convulsions.

Il entendait encore la voix abrupte et acerbe de Shaw se moquer de lui comme s'il n'était qu'un civil, un amateur : « Calvert, les suppositions c'est comme la réincarnation. Aucune ne peut être établie sans preuve, pauvre imbécile. »

Des preuves ? Tu veux des preuves ? Je vais t'en donner tellement que tu ne sauras plus qu'en foutre, pauvre vieux crétin.

Il sortit le flingue de son holster, vérifia une dernière fois que la première chambre était vide – pas question de risquer l'accident – et le remit en place avant de se redresser, le dos étroitement collé contre le mur.

Il jeta un œil prudent à l'intérieur. Trop sombre. Impossible d'y voir quoi que ce soit. Il transpirait tellement qu'il pouvait sentir son odeur. Mais pas seulement. Autre chose, aussi, et déplaisant. Pas de panique, se dit-il. Prudence.

Il inspira un bon coup et s'avança à pas de loup vers l'avant de la maison.

Comme il s'y attendait, la large porte d'entrée n'était pas fermée. Des miles de routes rocailleuses et d'épaisses forêts isolaient les Grazier. Les visiteurs ne devaient être ni fréquents ni les bienvenus, ils avaient donc peu de raisons de s'enfermer. D'autres, peut-être, l'auraient fait. Pas eux.

Jack se glissa dans le hall sombre et obliqua légèrement vers la droite. Il pénétra dans une pièce et laissa ses yeux s'habituer à l'obscurité. C'était une sorte de chambre à coucher, meublée d'un simple lit tendu au centre. À côté, une petite commode contribuait paradoxalement à donner à la pièce un aspect plus vide encore. C'était la chambre la plus dépouillée qu'il avait jamais vue de sa vie.

Sur la commode, quelques flacons de lotion capillaire et, bien alignés, des peignes et des coupe-choux. Des magazines étaient entassés contre le mur dans un panier en bois, principalement de vieux exemplaires de *Barbers's Times*.

Jack inspecta l'intérieur des tiroirs de la commode en prenant garde de ne pas en déranger le contenu. Des chaussettes et des sous-vêtements. Quelques chemises, blanches et très amidonnées. Était-ce celles de

Jeremiah ? Jack tenta de se remémorer ce que portait Grazier au salon, lorsqu'il avait cru que ce dernier allait lui couper la gorge.

Malgré le lit défait, la pièce empestait la solitude. Ce pouvait être une chambre d'ami ou celle d'un fugitif. Était-ce la chambre d'Harris ?

Il rejoignit furtivement le hall. Peu à peu, la pénombre laissait la place à un gris uniforme. Il y avait maintenant assez de lumière pour qu'il distingue ce qui se trouvait autour de lui.

Les autres pièces se succédaient, toutes aussi vides et nues. Quasiment cliniques, sans vie, comme un décor de théâtre. Bien qu'il fût incapable de dire pourquoi, malgré leur tranquillité, ces pièces avaient quelque chose d'étrangement menaçant, elles le perturbaient.

Dans le hall, à sa gauche, une porte fermée attira son attention. Un pinceau de lumière filtrait d'en dessous. Elle donnait sur une chambre beaucoup plus vaste que la première. Sans pouvoir y déceler la moindre touche féminine mais procédant par élimination, il estima qu'il s'agissait de celle de Judith et de Jeremiah.

Son regard s'arrêta sur un tableau au mur : *Suzanne et les vieillards*, la reproduction d'une toile d'Artemisia Gentileschi, une des premières artistes à avoir été reconnue dans l'univers phallocratique de la Post-Renaissance. Violée par un monstre nommé Tassi, la vie et la peinture d'Artemisia avaient été profondément influencées par le traumatisme du viol et le simulacre de procès qui avait suivi. Ses représentations graphiques étaient des tentatives, aussi cathartiques que symboliques, d'expression de la douleur physique et psychologique que lui avait infligées un homme.

Suzanne et les vieillards montre une jeune femme vertueuse harcelée par les vieillards de sa communauté.

Ils l'espionnent alors qu'elle se baigne dans l'espoir de la faire chanter et de la posséder. Un des vieillards pose un doigt sur sa bouche pour lui imposer le silence pendant qu'un autre la lorgne d'un air aussi menaçant que complice. Ce doigt sur lèvres de Suzanne fait terriblement froid dans le dos ; en une scène, ce tableau raconte des centaines d'histoires.

Deux garde-robes de part et d'autre du tableau semblaient monter la garde. Par la porte entrouverte de l'une d'elles, Jack aperçut des robes simples. Au-dessus, une rangée de chaussures noires classiques assez usées et éraflées – « portées », pour employer un terme plus diplomatique. Une forte odeur de naphtaline planait sur l'ensemble.

Jack ouvrit l'autre armoire et l'inspecta brièvement sans rien trouver de significatif. Il se maudit de perdre son temps en jouant les voyeurs de la sorte. Il devait trouver quelque chose de tangible pour convaincre Benson d'obtenir un mandat. Au fond de lui, il commençait à croire qu'il se raccrochait à n'importe quoi. Ce qu'il cherchait, quoi que ça pût être, n'attendait certainement pas qu'il le trouve. Ça devait être caché, et bien caché.

Un rayon de soleil, en perçant à travers la fenêtre, attira son regard par-dessus son épaule, illuminant de son éclat doré une boîte posée sur une étagère.

Une boîte ronde plutôt belle pour un objet aussi macabre. Sur le couvercle en acajou noir était représentée une scène de décapitation. Une autre œuvre magnifique de Gentileschi, plus morbide, cette fois : *Judith décapitant Holopherne*.

Jack secoua doucement la boîte pour ne pas trop chambouler son contenu. Un bruit se fit entendre.

Le temps d'un battement de cœur, la porte de la chambre glissa sur ses gonds. Jack se figea, avant de se détendre : ce n'était que la brise du matin. Recouvrant son sang-froid et déterminé, il déposa le contenu de la boîte sur le lit.

Des photos. Une douzaine. Des Polaroïds. D'enfants. Nus. Tous dans des poses différentes.

Jack secoua la tête en se demandant ce que cela impliquait. Il aurait préféré que sa découverte ne vienne pas confirmer ses pires craintes : Grazier et Harris travaillaient manifestement en équipe.

Mais pourquoi Grazier gardait-il ces photos dans sa chambre au risque que sa femme tombe dessus ? À moins qu'elle ne soit dans le coup elle aussi ? Merde, il ne s'était pas préparé à ça. Lui qui avait toujours cru que la pédophilie était une maladie de mâles – et toutes les arrestations qu'il avait effectuées à l'époque avaient contribué à renforcer cette idée.

Il *devait* y avoir une explication logique. Peut-être Grazier et Harris l'avaient-ils menacée, forcée, même ?

À la crainte qu'il éprouvait pour Adrian s'ajouta celle qu'il ressentit pour la femme de Grazier. Pourquoi n'était-elle pas là ? Que lui avait-il fait ? Et si Harris n'avait pas quitté le pays ? S'il était là, quelque part dans la propriété, armé et malveillant ?

En cet instant il sut que, contrairement aux magazines trouvés chez Harris, il ne devait pas détourner le regard de ces photos. Cessant de les considérer comme répugnantes, il se força à les examiner d'un œil froidement clinique. Il le fallait. S'il laissait ces photos le choquer, ce seraient elles – et non pas lui – qui garderaient le pouvoir.

Il les étudia donc en essayant désespérément de trouver l'endroit où elles avaient été prises et l'identité de ceux qui les avaient mises sur le marché. Il se souvint qu'une fois, au commissariat, ils avaient mis la main sur des photos de ce genre ; ils avaient eu la chance de pouvoir confronter le photographe aux pupilles terrorisées de l'enfant. Mais il doutait fort d'avoir ce genre de coup de pot dans cette affaire. Pour l'instant, la chance l'avait soigneusement évité. Les clichés avaient trop de grain pour être l'œuvre d'un pro. Ils étaient fatigués, usés par de nombreuses manipulations. Qu'est-ce que ça voulait dire ? Les pédophiles pouvaient rafraîchir leurs collections sur Internet à un tarif intéressant. Pourquoi, alors, garder des images d'aussi mauvaise qualité ? Qu'avaient-elles de spécial pour qu'Harris et Grazier refusent de s'en débarrasser, au risque de se faire prendre ?

Le visage du petit garçon était masqué par des ombres soigneusement disposées. Le photographe avait délibérément cherché à dissimuler ses traits. Pourquoi ? Avait-il peur que ce visage le trahisse et conduise tout droit à sa porte ceux qui reconnaîtraient l'enfant ?

Le gamin était gauche et osseux. Son torse rachitique laissait voir des côtes saillantes comme des papillons en plastique. Ce furent cependant ses yeux torturés que retint Jack. Ils avaient l'air morts, impassibles, et trahissaient une chose située au-delà de la terreur. Une sorte de pouvoir gisait dans l'obscurité des pupilles, impitoyable. Elles semblaient se rire de lui, se moquer, comme si elles savaient qu'elles pourraient un jour exercer ce pouvoir. Jack avait déjà vu ce regard quelque part, sans pouvoir dire où, comme si ces mêmes yeux l'avaient hypnotisé pour qu'il les oublie.

Réfléchis. Où ?

Il hésita entre empocher les clichés et les remettre dans leur boîte, et opta finalement pour la deuxième solution. Il replaça soigneusement la boîte là où la poussière avait laissé un halo sur l'étagère.

Il est temps de filer, se dit-il en revenant sur ses pas.

Dehors, il fut immédiatement saisi par le froid. Il se sentait sale, hanté par les photos. Il résista à l'envie d'une cigarette et décida d'attendre d'être revenu à la voiture. Maintenant, il fallait filer et alerter Benson. Pourvu que son pote puisse lui envoyer une bonne équipe en moins d'une heure, compte tenu des difficultés du chemin. Un hélico serait là en quelques minutes, mais il y avait peu de chance que Benson cherche à obtenir ça de Wilson.

Se tirer en vitesse était la chose la plus raisonnable. Seulement, depuis longtemps Jack était étranger aux solutions raisonnables. Au lieu de ça, inexplicablement, il se mit à suivre le sentier tortueux en direction des appentis, comme si une force mystérieuse l'y attirait.

Une fois de plus, le calme de l'endroit lui porta sur les nerfs. Pas même le coassement d'un corbeau. Où étaient les Grazier ? Il eut envie d'empoigner son arme, mais se retint. Une simple effraction suffisait. Inutile de l'aggraver en effraction armée. Wilson adoreraient ça.

Par où commencer ? Les apprentis étaient nombreux et aussi vastes que des hangars. La plupart avaient l'air trop déglingués pour être restaurés. Un seul semblait en état. L'absence de fenêtre piqua sa curiosité.

À pas feutrés, Jack s'avança et risqua un œil à travers la porte entrouverte. Une puanteur horrible le frappa en pleine figure, au point qu'il dut reculer pour inhaler une bouffée d'air.

Vas-y. Avance. Ce n'est jamais que de la merde et

du sang. Tu as déjà senti pire que ça. Un million de fois pire.

À force d'éliminer quantité de possibilités, son cerveau se mit à supplier son corps de renoncer à aller voir ce qui l'attendait de l'autre côté.

Pourtant il prit sa respiration et entra...

38

> « *Will you walk into my parlor ? said the spider to the fly,*
> « *Tis the prettiest little parlour, that ever you did spy...* »
>
> Mary Howitt, *The Spider and the Fly*[1]

La porte couina et Jack jura en se faufilant à l'intérieur. La lueur d'un vieux radiateur à paraffine teintait le mur en bois de jaune pâle. Il décida de combattre l'odeur suffocante comme on combat une émeute. Un goût d'ordures et de viande pourries dans la bouche, il accueillit avec gratitude les vapeurs du radiateur comme de doux parfums contribuant à atténuer une armée pestilentielle de relents mêlés.

À part le chantonnement d'un vieux congélateur, il y avait peu de bruit dans l'appentis. Du coin de l'œil, il aperçut une petite lumière rouge qui clignotait dans l'ombre. Une sorte de SOS. Clignant désespérément

---

1. Voulez-vous entrer dans mon salon ? dit l'araignée à la mouche. / C'est le plus joli salon que vous avez jamais vu.

les paupières afin de faire le point, il essaya d'en détecter l'origine.

Une femme était assise dans l'ombre, presque immobile, une cigarette fichée entre les dents. Sa présence hiératique le désarçonna. Elle ne parlait pas, se contentant de le regarder simplement en tirant sur sa cigarette. À coup sûr, c'était Judith, la femme de Grazier. Elle semblait le jauger en silence. La maîtrise de sa voix le surprit quand elle lui adressa la parole.

« C'est une propriété privée. Vous êtes indésirable. Si vous avancez, vous pourriez être tué. J'ai le droit de me défendre contre les intrus. » À peine un murmure, et pourtant de la force s'en dégageait, comme si elle était habituée à être écoutée. « Comment vous appelez-vous et que faites-vous chez moi ? »

Une seconde, Jack crut que sa langue s'était changée en un morceau de bois. Heureusement, son cerveau tournait toujours aussi vite. « Jack... Jack Benson, répondit-il. Ma voiture a quitté la route à un mile d'ici environ. J'ai pris le premier chemin dans l'espoir de trouver un téléphone d'où je pourrais appeler un dépanneur. Je n'avais pas l'intention de m'introduire sans permission, mais j'ai vu votre ferme et j'ai frappé à la porte. Sans réponse. »

Il entendit un son, pas très loin de l'endroit où Judith était assise. Un bruit étrange qui lui flanqua la chair de poule.

« Eh bien, vous perdez votre temps, dit Judith. Nous n'avons pas le téléphone. Nous n'avons d'ailleurs pas beaucoup de trucs modernes. Toutes les soi-disant villes des environs ne sont que des petits bleds. Le plus proche, Bellvue, est à deux miles environ. Vous feriez mieux de rebrousser chemin jusque-là. Je crois qu'ils ont beaucoup de téléphones là-bas.

– Deux miles ? Pour ne rien vous cacher, je commence à être fatigué. Je me suis froissé une côte dans l'accident. J'ai remarqué votre voiture en arrivant. Vous ne pourriez pas me conduire jusqu'à...

– Elle marche pas. Ça fait des années qu'elle marche plus. Non, le mieux, c'est d'y aller à pied. Ce sont des braves gens. Ils s'occuperont bien de vous. »

Et, de nouveau, ce bruit venant de quelque part, sur sa gauche. Des sortes de pleurs ; les cris étouffés d'un bébé, comme si on lui pressait un oreiller sur la figure.

Le cœur de Jack fit un bond.

« C'est quoi, ce bruit ? demanda-t-il en espérant qu'elle ne décèlerait pas la dureté dans ses yeux.

– Un bruit ? Oh, ça ? Vous tenez vraiment à le savoir ? »

Jack remarqua trop tard le coupe-choux dissimulé entre ses doigts et s'avança, conscient de la présence de son arme contre son corps tendu. Les couinements se firent de plus en plus nombreux, comme si on leur avait donné la permission de s'enfuir, de piquer un sprint pendant qu'ils le pouvaient encore.

« Des lapins, dit Judith en révélant la source des horribles petits couinements. Ne sont-ils pas adorables quand ils poussent ces petits cris de désespoir absolu ? » Sans effort, elle en saisit un par les oreilles et le sortit tout couinant d'une grosse caisse posée à côté d'elle. La créature gémissait comme un bébé affamé à la recherche d'un téton, un son obsédant, si présent qu'il atteignit Jack au plus profond de son âme.

Elle tint l'animal à quelques pouces du visage tétanisé de Jack et, dévoilant légèrement la lame, lui coupa la gorge. Le sang lui couvrit les ongles comme des pétales de rose.

Instinctivement, Jack avait porté ses mains à sa gorge.

« Ne faites pas attention, dit Judith en le regardant dans les yeux. Ce n'est qu'un lapin. Un sale et très vilain lapin. » Elle épongea la sueur de son visage, laissant du même coup une trace de sang sur sa bouche. Le sang faisait briller ses lèvres comme d'obscènes et grasses limaces au soleil.

Jack se sentit grimacer. Il essaya de se composer un visage, mais Judith l'avait vu. Il était maintenant assez près pour se rendre compte de son environnement. Des peaux de lapin gisaient partout, festonnant les murs, empilées comme des feuilles de tabac.

Son intuition lui disait de ne pas quitter Judith du regard tant qu'elle tenait le rasoir. Il l'étudiait, effrayé à l'idée de cligner des yeux ou de regarder ailleurs de peur qu'elle ne disparaisse. Mais elle restait parfaitement matérielle, le fixant avec l'arrogance du propriétaire. Une chose était claire : c'était son territoire et c'était lui l'étranger.

Elle fit un pas hors de l'ombre et Jack vit qu'elle était totalement nue, exception faite des taches de sang humide qui ponctuaient sa peau. Il fut choqué par cette nudité sanglante, mais, comme elle bougeait légèrement sur sa droite, il se demanda si ce n'était pas une stratégie délibérée de sa part pour le contraindre à quitter des yeux le rasoir dont le tranchant luisait férocement contre la chair de lapin.

« Bien, merci de m'avoir indiqué la ville la plus proche. C'était très aimable de votre part, dit Jack en faisant marche arrière. J'espère que je ne vous ai pas fait trop peur. Je n'avais nullement l'intention de... »

Son mobile se mit à sonner dans sa poche, comme une guêpe en colère. À peine l'avait-il attrapé que son erreur lui sauta aux yeux.

Jouant le calme parfait alors qu'il aurait préféré écrabouiller l'appareil à coups de talon, il répondit.

« Hello ? fit-il en se forçant à sourire.

– *Jack ? Où es-tu passé ?* demanda Benson d'une voix paniquée. *Ça fait des heures que j'appelle chez toi. Écoute, j'ai des nouvelles et elles ne sont pas bonnes, j'en ai peur, Jack.* »

Un battement sourd se mit à résonner tout au fond de son crâne et des doigts de glace lui pincèrent l'estomac. Il était terrorisé par ce qu'allait dire Benson.

« Oui, j'écoute ? »

Où était donc passée la femme Grazier ? Il ne l'avait pas vu bouger. Pourtant, elle n'était plus là.

« *Un groupe de campeurs a découvert deux cadavres au-dessus de Barton's Forest.* »

Oh, mon Dieu...

« *Jack ? Tu es toujours là ?* »

Sa bouche était sèche comme une balle de coton. Il avait de plus en plus de difficultés à produire de la salive.

« Oui... Oui, je suis toujours là. »

Il lui sembla entendre quelque chose – quelqu'un ? – juste derrière lui. L'épaisseur de son arme contre ses côtes le rassura. Il écoutait Benson tout en calculant son prochain mouvement. Putain, mais où était-elle ?

« *Je ne sais pas comment te le dire, Jack, mais les premières constatations de Shaw, ainsi que les vêtements, indiquent qu'on est en présence d'individus du genre masculin.* »

Jack se sentit mal. Il ne pouvait plus respirer. Tout se mit à tourner.

« *Jack ? Jack, tu es là ?* »

Ne t'apitoies pas sur toi-même. Sois fort. Sois très fort ; sinon tu vas mourir dans cette putain de cave dégueulasse.

« Je suis là, John. J'ai eu un léger accident, mais je ne serai pas long, *John*. Je vais bien. Je vais bientôt reprendre la route.

– *Jack ? C'est qui, ce putain de John ? Qu'est-ce que tu racontes ? As-tu entendu ce que je t'ai dit sur les deux corps découverts au-dessus de... ?* »

Jack raccrocha d'un coup sec et écouta l'écho que lui renvoyaient les murs de bois. Il essaya de se représenter l'image de la porte derrière lui. Combien de pas pour l'atteindre ? Il mit lentement le téléphone dans sa poche droite pendant que sa main gauche atteignait le holster. Il fit sauter l'agrafe de la lanière de cuir et sentit la chaleur de l'arme en la sortant doucement.

Sans prévenir, Judith sortit de l'ombre et s'avança vers lui jusqu'à le toucher. Avec une extrême rapidité, elle lui braqua en pleine figure un fusil de chasse à double canon.

« N'essaye même pas de cligner de l'œil », siffla-t-elle en lui enfonçant plus fort le fusil dans la joue.

Paradoxalement, ce ne fut qu'en sentant le canon contre sa peau que la sensation de froid disparut. Comme si sa peau s'était réchauffée au contact de l'acier.

« Qu'est-ce que c'est ce bordel ? » dit Jack pendant que ses doigts sortaient le revolver de son étui.

Une seconde. Donne-moi juste une seconde, implora-t-il en glissant l'index autour de la détente.

« Ne fais pas ça, siffla-t-elle. Ne bouge pas un seul muscle. Je ne voudrais pas que ta cervelle vienne éclabousser mon sol et se mêler aux tripes de lapin.

Pas encore. Maintenant, tu vas sortir lentement la main de ta poche. Doucement... Ce que tu sens contre ta nuque, c'est un autre fusil à double canon. Comme un sandwich dont tu serais la viande. »

Jack n'avait aucun besoin qu'on lui en dise davantage. Trois ans plus tôt, il s'était retrouvé en position de monnaie d'échange au cours d'un braquage ayant tourné à la prise d'otages. Il n'était pas prêt d'oublier ces deux horribles trous collés contre sa nuque.

Judith le fouilla d'une main, découvrit l'arme et le téléphone et balança les deux sur un tas de haillons.

« Ce petit téléphone a une grande bouche, dit-elle. Exposez-nous tous vos mensonges, Monsieur... ?

– Je vous l'ai déjà dit. Mon nom est Benson. Jack Benson.

– Et le revolver ?

– Je suis détective privé. J'ai été engagé pour pister un gang spécialisé dans les cartes de crédit volées. Comme je vous l'ai dit, j'étais sur la route. J'espérais rencontrer un membre de la police locale pour confirmer certaines informations. Qu'est-ce que vous voulez ? Je me suis déjà excusé pour avoir pénétré sur vos terres. Qu'est-ce que vous voulez de plus ?

– Dans votre intérêt, n'essayez pas de la ramener, siffla Judith. Nous n'apprécierons pas. »

Dans son dos, l'autre fusil appuya plus fort contre sa nuque. Jack se figura Grazier debout derrière lui, ricanant, les doigts serrés nerveusement sur la double détente, prêt à tirer au moindre mouvement.

« Maintenant et pour la dernière fois, qui êtes-vous ? »

La voix de Judith commençait à dérailler. Elle se mit à humer l'air et un point d'interrogation paru s'imprimer sur son front. Les narines frémissantes, elle essayait de capter quelque chose. Elle eut un sourire rusé, comme si elle se souvenait soudain d'une chose particulièrement agréable – ou désagréable – et une sainte révélation éclaira son visage.

« Hum… vous êtes le mateur.

– Je ne sais absolument pas de quoi vous voulez parler », fit Jack, réellement surpris.

Il sentit le fusil de derrière s'enfoncer plus avant dans son crâne, comme s'il essayait d'atteindre son cerveau. Il s'obligea à ne pas penser aux dégâts qui suivraient la décharge. Il aurait juste voulu qu'on retire ce putain de fusil.

« Quand j'étais petite, on a découvert que j'avais un don, dit Judith. Un sens olfactif particulièrement développé. Savez-vous ce qu'est le système olfactif, Monsieur *Calvert* ? »

Jack ne put s'empêcher de montrer sa surprise.

« Je vous l'ai déjà dit. Mon nom est Benson. Jack Benson… »

Judith arma le fusil. Jack avait l'impression que le bruit métallique grimpait le long de son échine.

« Un mensonge de plus, Monsieur Calvert, et vous êtes mort. Maintenant, je vous repose la question. Savez-vous ce qu'est le système olfactif ?

– Je ne suis pas un expert, mais je sais que ça concerne le sens de l'odorat. »

Judith avait l'air aussi contente qu'une institutrice du dimanche.

« L'olfaction, c'est comme une ampoule qui transmet un signal au système limbique, là où la mémoire est habituée à reconnaître les différentes odeurs. Le système limbique n'est pas qu'une ère de stockage pour les souvenirs, il régule aussi l'humeur et les émotions. L'ampoule cérébrale moyenne des humains fait quarante watts, cinquante au mieux. Savez-vous de combien est la mienne, Monsieur Calvert ?

– Cinquante », fit Jack.

Ces yeux. Ils avaient quelque chose, mais quoi ? Où les avait-il déjà vus ?

« Quatre-vingts, Monsieur Calvert. Quatre-vingts. » Elle répéta les derniers mots comme si elle était Moïse descendant du Sinaï, les Dix Commandements à la main. « Au début, je n'ai pas eu une claire vision du pouvoir de ce don – quoique je doute qu'il ait été aussi développé dans ma jeunesse que maintenant, dit-elle avec un sourire sardonique. Ce n'est que récemment que j'ai commencé à l'apprécier et à m'en servir pleinement. »

Les lapins avaient repris leurs couinements. Étrangement silencieux pendant les dix dernières minutes, ils avaient recommencé à se faire entendre. Jack en avait des frissons.

« Quand Jeremiah est revenu de l'*entretien*, continua Judith, j'ai détecté plusieurs odeurs sur sa peau grasse. L'une d'entre elles m'a ennuyé au point de m'empêcher de dormir. Jeremiah n'a pu m'aider à identifier son propriétaire. Comme d'habitude, c'était à moi de m'en charger, mais, une fois que j'ai pu l'isoler, j'ai su où je l'avais déjà rencontrée. »

Elle délire. Jack avait maintenant compris qu'il s'agissait d'une camée accrochée à une drogue assez puissante pour altérer ses fonctions cérébrales. Tout le prouvait : le visage émacié, les pupilles dilatées, jusqu'à la voix léthargique et l'incohérence de son discours.

« Surpris, Monsieur Calvert ? Au début, je l'étais aussi. Votre odeur m'a déconcertée, irritée. Je l'avais goûtée ailleurs, mais j'étais incapable de retrouver où.

Et puis j'ai découvert qu'elle était littéralement sous mon nez. Vous avez la même odeur que le magnifique enfant du lac, votre fils Adrian. L'odeur que je sens sur vous en ce moment même. »

Jack se mit à grincer des dents, son cœur explosait sous la pression. Il eut toutes les peines du monde à garder son calme.

« Que savez-vous de mon fils ? Où est-il ?

– Savoir ? Je sais tout de lui. Je sais ce que vous ne savez pas. Je sais même ce que vous ne pouvez pas imaginer. Je connais son cœur, son âme. Plus important, je sais tout de *vous*, inspecteur Calvert – ex-inspecteur, pour être plus précise. Je sais que vous avez tué un innocent et qu'on vous a mis à la retraite anticipée. Ce qui est un euphémisme pour dire que vous vous êtes fait virer.

– Il n'était pas innocent, fit Jack d'une voix dure. C'était un trafiquant qui vendait sa drogue à des gosses. Il méritait amplement ce qui est arrivé pour toutes les vies qu'il a détruites. Maintenant, que savez-vous sur mon fils ?

– Beaucoup de choses. Il a les yeux bleus comme ceux de son père, mais plus rapprochés, et l'expérience de l'âge en moins. Mais j'ai une botte secrète. Vous voulez l'entendre ? »

Jack ne répondit pas.

« Je sais pour votre femme, comment vous l'avez assassinée, saoul comme un cochon – oink oink – au volant ; comment vous vous êtes couvert, lâchement, comme l'hypocrite que vous êtes, en fait. »

Jack sentit un poing invisible lui percuter l'estomac. Son sang se glaça pendant que ses tripes devenaient plus brûlantes que le chaudron de l'enfer.

« Vous avez l'air choqué. Pourquoi ? Ne vous ai-je

pas dit que je connaissais le cœur, l'âme et la langue d'Adrian, ce délicieux morceau de viande premier choix ? Il adorait s'en servir, vous savez ? Beaucoup. Et pas seulement pour parler, dois-je préciser, dit-elle avec un sourire. Il vous haïssait pour ce que vous avez fait à sa mère, pour l'avoir délaissé pendant des années, pour avoir fait passer votre boulot avant lui, pour avoir baisé cette pute de galeriste. Adrian était un candidat parfait pour le complexe d'Œdipe et vous avez tout fait pour l'aider. »

Déchiré, Jack se rendait compte qu'elle parlait d'Adrian au passé.

« Où est mon fils ? Vous pouvez encore vous en sortir vivants. Pendant que nous parlons, des flics armés arrivent de partout.

– Sans blague ? Parfait. Ils trouveront un cambrioleur mort. Un cambrioleur mort en pleine effraction. »

Elle ôta le fusil, laissant ainsi deux cercles parfaits imprimés sur la peau de Jack. Le rasoir reprit immédiatement sa place, à quelques centimètres de sa figure.

Jack essayait de penser, mais son cerveau s'était emballé. Trop de choses d'un coup. Les seins de Judith se balançaient de manière obscène. Ils étaient bizarres et ils ne pouvaient s'empêcher de les regarder.

« Vous aimez mes seins ? Adrian aussi les aimait. »

Elle ricana et pressa le rasoir contre la bouche de Jack tandis que ses lèvres effleuraient sa peau. Il sentit son souffle contre lui, ses narines qui travaillaient, qui cherchaient.

« Si vous pouviez savoir ce que votre odeur me raconte : l'inquiétude, la peur. »

Elle ôta le rasoir de la bouche de Jack et le posa

sur le bout de son nez. Un relent de sang de lapin lui monta dans les narines. Ça puait comme un sou rouillé.

« Ne soyez pas idiote. Vous pourriez le regretter…

– *Couché* ! Est-ce que je vous ai donné la permission de parler, de grogner, plutôt ? »

Les dents serrées et les mains tremblantes elle appuya si sort sur le rasoir qu'elle lui entama la peau du nez.

« Assis, lentement. Ne faites rien d'inconsidéré, dit-elle en transférant le rasoir de son nez à sa gorge. Ne vous avisez pas de bouger. Un éternuement et je vous fais sauter la pomme d'Adam comme un bouchon de champagne. »

Docilement, Jack se posa sur un tas de chiffons. Le deuxième fusil suivit le mouvement.

« Ce n'est ni après vous, ni après votre mari qu'on en a. C'est Harris. On sait qu'il a tué la petite McTiers. »

S'il s'imaginait que cette dernière révélation allait troubler Judith le moins du monde, il en fut pour ses frais.

« Harris ? renifla-t-elle. Vous ne savez rien. Absolument rien. Rencontrer des gens d'autres origines que la vôtre devrait vous apprendre toutes sortes de choses, Monsieur Calvert. Vous l'ignoriez ? À condition, évidemment, d'aimer leur compagnie. Le fait qu'ils aient eu d'autres expériences peut aussi vous faire entrevoir des perspectives que vous n'aviez jamais imaginées et oser des raisonnements impensables. Il y a des ténèbres en chacun de nous. Quels sont vos stigmates personnels ? Je suis sûre qu'ils sont très intéressants.

– Qu'avez-vous fait de mon fils ? Où est-il ?

– Taisez-vous ! Contentez-vous d'écouter. »

Jack obéit.

« Bien, dit Judith en s'installant sur une vieille chaise. Je vais vous raconter une histoire. Une de ces histoires qu'on raconte aux enfants pour leur faire peur quand ils s'endorment. Êtes-vous bien installé, Monsieur Calvert ? »

39

> *Vous pouvez abriter leurs corps, mais pas leurs âmes...*
>
> Khalid Gibran, *Le Prophète*

« Du nouveau sur ces deux corps, Shaw ? » demanda Benson, impatient, presque irrité. Sa conversation téléphonique avec Jack l'avait troublé. Il n'avait pas arrêté d'y penser, encore et encore, et avait fini par laisser tomber. Après tout, c'était peut-être le stress accumulé depuis la disparition d'Adrian qui prélevait son dû. Ça ne devait pas être facile, surtout après la mort de Linda.

Il était rongé par la culpabilité. Il aurait dû appeler Jack plus souvent, aller pêcher avec lui comme avant. Au lieu de ça, il l'avait abandonné, exactement comme tous ses soi-disant copains.

Shaw était penché sur une table, les yeux plantés dans un microscope. Il n'avait apparemment pas entendu la question de Benson.

Quel vieux salaud ignorant, se dit Benson, à quelques mètres du chariot où étaient étendus les cadavres. La puanteur était insupportable. Il était difficile de savoir s'il s'agissait de corps d'adultes ou d'adolescents. Les vêtements n'apportaient aucune aide. Ils semblaient recouverts de goudron mélangé à de la boue et des feuilles pourries.

Les bestioles avaient festoyé joyeusement sur les visages. L'hiver rigoureux avait certainement aiguisé leur appétit. Benson frissonna comme si des millions d'insectes lui cavalaient sur le corps. L'état horrible des cadavres lui rappelait qu'il était mortel lui aussi. En dépit de sa bravache macho, Harry Benson avait peur de la mort et du jour où un vieux salopard comme Shaw fouillerait son corps, coupant et tranchant tel un chef concoctant un banquet pour l'enfer.

Il sortit une cigarette et la mit dans sa bouche. Il fouilla ses poches à la recherche de son briquet inutile. « Putain, comment peux-tu supporter cette puanteur ? Rien ne vaut une bonne fusillade en plein air », dit-il, la clope au bec, en retournant vainement ses poches.

Si Shaw l'avait entendu, il n'en laissa rien paraître, du moins pas immédiatement. Quelques instants plus tard, il jeta un regard par-dessus son microscope et plissa les paupières comme s'il avait le soleil dans les yeux.

« Pourquoi es-tu toujours aussi bavard ? fit-il. Dès que j'aurai trouvé quelque chose d'important, tu seras le premier à le savoir. Oh, et n'essaye même pas d'allumer cette chose. C'est une zone non-fumeur, ici.

– T'es sérieux ? » demanda Benson en remettant de mauvaise grâce sa clope dans sa poche.

Il savait qu'il n'aurait pas dû descendre dans l'antre de Shaw pour se faire traiter comme ça, mais quelque chose dans la voix de Jack l'avait tracassé, et tant pis si ça devait lui coûter une petite humiliation.

Les yeux de Shaw revinrent se coller au microscope, au grand dépit de Benson.

« Tu pourrais pas rester une minute loin de ce truc,

mon salaud ? dit-il. J'ai parlé à Jack il y a moins de dix minutes. Y'a un truc qui ne colle pas. Il était incohérent. Il n'arrêtait pas de m'appeler John.

– Ça devait être marrant, répondit Shaw en abandonnant son microscope pour se frotter les yeux.

– T'as vérifié le dossier dentaire ? fit Benson en se clarifiant la voix d'une toux délibérée. Tu crois que l'un des corps... qu'un des deux pourrait être celui d'Adrian ? »

Shaw ne répondit pas, ce qui mit Benson sur le pied de guerre.

« Ben, voyons. Tu te planques ici sans avoir besoin de crapahuter dans toute la merde du monde réel. On s'acharne tous à mettre la main sur le fils de Jack et toi, qu'est-ce que tu fous, sinon continuer à jouer les putain de chien savant ? »

En soupirant, Shaw s'approcha du chariot. Il souleva doucement le drap et exposa les corps. C'était un geste si tendre, si délicat que Benson comprit que malgré le nombre de cadavres que ce vieux salopard avait vus, il gardait un minimum de respect pour la mort.

« Viens plus près, dit Shaw. Je promets de ne pas te mordre.

– Je suis bien où je suis.

– Tu ne peux rien voir à cette distance. Je veux te montrer quelque chose. »

À contre cœur, Benson se déplaça jusqu'à être dangereusement près des deux corps. Pendant un horrible moment, il eut l'illusion que c'était le corps de Jack et le sien, gisant dans un trou paumé, qui servaient de banquet aux insectes et aux rats.

« Bon. Alors quoi ? demanda-t-il.

– L'autopsie, dit Shaw en le regardant dans les yeux, est un lent processus visant à l'absolue nécessité de la minutie. Une erreur de ma part et l'erreur commise par l'assassin ne sera jamais découverte. Tu préfères que le meurtrier s'en sorte à cause de ton impatience ? Tu crois vraiment que je ne me soucie pas du sort du gosse de Jack ? Bien sûr que j'y pense. Mais, contrairement à toi, je ne peux pas me permettre le luxe de laisser mon irritation prendre le dessus.

– Je… Bon, bredouilla Benson, surpris par la véhémence de Shaw.

– Pour ta gouverne, les deux corps ont été jetés et à moitié enterrés à proximité l'un de l'autre, mais pas en même temps. L'état de celui-ci en particulier – Shaw désignait de l'index le plus petit des deux – me dit qu'il a été le premier. La majeure parie de la peau a été arrachée par les intempéries et les habitants de la forêt. Quand le temps s'est réchauffé, la glace a commencé à fondre et à pousser les corps vers l'eau, où ils se sont fait grignoter par les poissons.

– Les poissons ? Ceux d'Alexander Lake ?

– T'en vois d'autres ? »

Benson faillit gerber. Moins d'une semaine plus tôt, il avait encore pêché de nuit dans le lac et en avait attrapé dix bien dodus.

« Les poissons sont souvent carnivores, surtout quand l'occasion se présente, sourit Shaw.

– Ça va. On pourrait peut-être changer de sujet.

– Comme tu veux. Laisse-moi te montrer quelque chose avant de dégueuler sur mon plancher. »

Avec beaucoup de précautions, Shaw laissa tomber un objet dans un linge propre et entreprit d'en ôter la saleté à petits coups vifs.

« C'est quoi ? demanda Benson, légèrement ennuyé.

– Tends ta main », fit Shaw sur le ton d'un prof prêt à taper sur les doigts d'un élève.

Pas vraiment de bonne grâce, Benson tendit sa grosse patte. La chose était froide et pourtant tiède et, pour tout dire, bizarre et déconcertante.

« C'est quoi ce… ? »

Avant d'avoir pu prononcer le mot, Benson sut exactement de quoi il s'agissait. Son estomac fit un pas de danse et il se souvint soudain de tout ce qu'avait dit Jack ; c'était clair comme de l'eau de roche et il se sentit aussi idiot que furieux de ne pas avoir compris à temps combien c'était important.

« Je serai pas long, John »… Long John…

Avec la délicatesse d'un rhino en pleine charge, Benson fonça à travers la porte et se farcit les deux volées de marche, laissant sur place un Shaw stupéfait.

Benson ne s'était jamais préoccupé de sa forme, il avait même accumulé des livres de mauvaise graisse en se disant qu'il avait le temps d'y penser. Quand il atteignit le troisième étage, hors d'haleine, il se sentait prêt à tomber dans les pommes et suait comme une motte de beurre. Le cœur battant à tout rompre, il s'appuya contre un mur en cherchant désespérément à reprendre son souffle, mais ne parvint qu'à glisser et tomber sur son large cul, la figure écarlate et gonflée comme un ballon rouge.

Debout, gros tas inutile. Fais quelque chose de bien pour changer. Arrête ces putains de gémissements…

Aspirant une bouffée d'air, il s'obligea à se lever et bondit de cette barrière de douleur comme une baleine de l'océan. Quelques secondes plus tard, il enfonçait la porte du bureau de Wilson, à la grande terreur du superintendant.

« C'est quoi, ce bordel ?! Qu'est-ce qui vous prend de faire irruption comme ça, Benson ? fit Wilson en tripotant ses papiers d'un air affairé dans l'espoir de se donner une contenance.

– C'est Jack, superintendant. Il est en danger. Je crois qu'il est allé chez les Grazier... Il pense que son fils est là-bas, aux mains de Jeremiah Grazier et de Joe Harris, nos suspects numéro un dans...

– J'ai déjà dit à Calvert de garder son nez en dehors des affaires de la police. Je vous ai aussi mis en garde contre toute complicité avec Calvert.

– Oui, je sais, vous avez fait beaucoup de mises en garde. Mais, pour l'instant, superintendant, rien à foutre. Il me faut un hélico prêt à décoller, tout de suite.

– Je vous conseille de faire très attention à votre façon de me parler, inspecteur Benson. Votre retraite arrive très...

– L'hélico, putain. *Tout de suite !* »

Wilson se gonfla comme un paon.

« Il n'y aura pas d'hélico. Ni maintenant, ni jamais. Calvert peut crever la bouche ouverte. Alors, je vous conseille de faire demi-tour et de... »

Benson se pencha sur le bureau et fit face à Wilson.

« Si quelque chose devait arriver à Jack, je vous en tiendrais personnellement responsable, espèce de merde trouillarde de bureaucrate. Je vais m'arranger pour que tous les journaux du pays sachent que vous vous êtes vengé de lui parce que vous étiez jaloux de son courage, vous qui avez passé vingt ans à vous planquer derrière un bureau et à intriguer pour grimper les échelons. Maintenant, je veux mon putain d'hélico.

– Dehors ! Vous êtes viré, comme votre pote ! Je vais m'arranger pour que vous soyez tous les deux... »

Benson claqua violemment la porte et fonça vers la sortie.

« Monsieur ? » fit une petite voix derrière lui.

Benson l'ignora jusqu'à ce que son propriétaire vienne lui taper sur l'épaule.

« *Quoi* ? grogna-t-il.

— Je m'appelle Johnson, monsieur. Vous m'avez sauvé de la mise à pied, la semaine dernière.

— Johnson ? Oh ! Starsky. Où donc est votre ombre, Hutch ?

— Taylor, monsieur. On l'a remis à la circulation pour deux mois.

— Normal. La prochaine fois, vous n'aurez peut-être pas la même chance. Bon, c'était sympa de bavarder, mais, si vous le voulez bien, je suis pressé.

— Je n'ai pas pu faire autrement que d'entendre votre... conversation avec le superintendant Wilson, monsieur.

— Sans blague ? Ça valait le coup d'œil, non ?

— Je crois... Je crois que je peux peut-être vous aider, monsieur.

— Quoi ? Tu peux m'aider ? Qu'est-ce que tu marmonnes ? Allez, mon garçon, crache.

— Piloter, monsieur. Je sais piloter. »

Pour la première fois depuis des semaines, probablement des mois, Harry Benson sourit et c'était un sourire paternel.

« J'ai toujours dit que vous, les jeunes flics, vous aviez quelques tours à apprendre aux vieux chiens dans mon genre. Allons-y, mon garçon. »

Dix minutes plus tard, Benson et Johnson étaient en l'air. Mais sentant l'hélico valser, le vieux flic n'était pas plus rassuré que ça.

« T'es sûr que tu sais faire voler cet engin, Johnson ?

– Oui, monsieur. J'ai pris des leçons avec un petit avion.

– Un petit… Putain de merde… Garde les yeux sur la route ou sur tout ce qu'on est censé surveiller de là-haut. »

L'hélico évita de justesse le toit d'une usine avant de menacer la ville entière. Il finit par se stabiliser et Benson en fit autant.

« Tu sais que tu t'es mis dans la merde en contrevenant aux ordres du superintendant, mon garçon ?

– Non, monsieur. Je n'ai pas entendu les ordres du superintendant Wilson. J'ai juste obéi aux vôtres.

– Rusé petit salopard, n'est-ce pas ? sourit Benson.

– Oui, monsieur. »

40

Le comble de l'horreur paralyse souvent la mémoire, miséricordieusement.

H.P. Lovecraft, *Les Rats dans les murs*

« Je n'ai pas connu mes parents. J'ai passé la plus grande partie de ma vie dans un orphelinat. Un orphelinat ? Encore un euphémisme. Le terme prison serait plus proche de la vérité, dit Judith d'une voix si sourde que c'est à peine si Jack pouvait l'entendre. L'homme qui dirigeait cet enfer s'appelait Albert Miles. Ou, plutôt, Monsieur Crachat, comme le surnommaient les enfants sous sa responsabilité, ajouta-t-elle en plissant les lèvres de dégoût comme si elle sentait du lait tourné. Il ne se passait pas une journée sans que nous soyons soumis à une maltraitance quelconque, surtout sexuelle, de la part du *respecté* Monsieur Crachat. »

Elle plongea la main dans la cage et, à la manière d'un magicien, en sortit un autre lapin. « Monsieur Crachat était un très bel homme dans le genre délicat, tout à fait le style d'homme qu'on pouvait qualifier de joli, un parfait gentleman pour ses amis et sa famille adorée. Oh, on pouvait dire qu'il l'aimait, cette famille. »

Un muscle se mit à frémir sur la pâleur de son visage. Ses paupières tombèrent à moitié sur son regard soudain vide. Elle serra plus fort le lapin. « Toutes les nuits je le revois déboucler sa ceinture pendant que ses pantalons graisseux glissent le long de ses jambes maigres. »

Le lapin gigotait frénétiquement comme pour se débarrasser de liens invisibles. Elle lui ouvrit le ventre, le laissant souffrir horriblement. Il se figea quand elle lui trancha la gorge.

Judith fixait Jack, le défiant d'oser prononcer la moindre parole. Son regard était en train de changer. Ses yeux s'éclaircissaient, comme si on venait de lever un rideau. Ils se transformaient en autre chose.

Ces yeux. Où les ai-je déjà vus ? Sur les photos de mariage dans la maison d'Harris, bien sûr, mais ailleurs aussi. Réfléchis…

« Savez-vous pourquoi on le surnommait Monsieur Crachat ? Il devait se cracher dans les mains pour faciliter la pénétration dans nos culs, voilà ce qu'il faisait, Monsieur Crachat. Parfois, quand il avait bu, il ne prenait même pas la peine de nous humidifier, toujours par derrière, comme un voleur à la tire. »

Les yeux. Réfléchis, imbécile. Réfléchis…

« Monsieur Crachat élevait des lapins. C'était son hobby. Il les donnait à une organisation d'aide aux orphelins, dit-elle avec un rire effrayant qui montait des profondeurs de sa gorge. Tous les samedis soirs, il en faisait un spectacle pour quelques gosses soigneusement sélectionnés et les obligeait à regarder les lapins baiser entre eux. Il m'appelait son "petit lapin", son "doux petit lapin dont la peau en sueur brillait comme celle des stars". Il disait qu'il allait m'apprendre à baiser comme elles. »

Elle lâcha le lapin mort pour en saisir un autre. « "Rien n'est plus doux qu'un lapin à l'âge tendre", me murmurait-il à l'oreille pendait qu'il me forçait avec sa bite, par derrière, en tirant sur mes oreilles de bébé lapin. »

Ces yeux. Oh, Seigneur...

Maintenant, il se souvenait. Jack essaya désespérément d'empêcher le sang lui monter à la tête. Il hoqueta, sans pouvoir se retenir, comme un volcan au bord de l'éruption :

« Vous... Vous êtes le petit garçon de la photo... Le petit garçon aux yeux torturés. »

41

... on doit avoir le courage d'oser.

Fedor Dostoïevski, *Crime et Châtiment*

Sur les ordres de Benson, Johnson fit voltiger l'hélico à la limite du terrain de Grazier.

« On a peu de chance de conserver l'effet de surprise, dit Benson en scrutant les environs avec ses jumelles. Je suis sûr que les Grazier nous ont entendus. »

Et s'il n'y avait pas de surprise du tout ? Et si je m'étais gouré ? Et si Jack n'était pas là, qu'il n'y avait jamais été ?

L'hélico plongea d'un coup comme une tuile tombant d'un toit.

« Doucement, mon gars, grogna Benson en s'accrochant aux montants de son siège tandis que son estomac grimpait vers son gosier. C'est pas un putain de jeu vidéo.

— Désolé, monsieur. J'essaye juste de l'emmener vers…

— Là ! glapit Benson, soudain soulagé. En bas, sur la gauche. C'est la voiture de Jack. Je pourrais reconnaître cette poubelle n'importe où. Même vue d'en haut, c'est une putain d'horreur. »

La voiture avait été laissée en rade à flanc de colline, hors de vue, à côté du chemin défoncé qui menait à la propriété des Graziers.

« Bien joué, sourit Benson en imaginant Jack, jumelles à la main, profiter de l'avantage fourni par la hauteur de la colline. Sacré vieux renard de Jack.

– Dois-je sauter le premier dès que nous aurons atterri, monsieur ? J'ai été sacré tireur d'élite au concours de l'Académie de Police.

– Sans blague ? C'est pas des silhouettes en carton que nous allons affronter, mon gars. Ces salopards peuvent riposter. Non, contente-toi de suivre mes instructions. Pas d'héroïsme. Fais ce qu'il faut, et cette nuit nous dormirons tous les deux dans notre lit, sains et saufs. Comme le dit le manuel. Compris ?

– À vos ordres, monsieur.

– Voilà. Exactement comme dans ce putain de manuel », répéta Benson.

42

Nous venons du noir et y retournons aussitôt.

Thomas Mann, *La Montagne magique*

Judith ne releva pas ce qu'avait dit Jack à propos de la photo et continua son monologue :

« Nuit après nuit, Monsieur Crachat forçait le petit lapin. Le petit lapin ne pouvait plus respirer. Quelqu'un aurait-il pu l'aider ? Haïssaient-ils tous à ce point le petit lapin ? S'il vous plaît. Un peu d'aide, de quelqu'un, quelque part. Mais personne n'écoutait. Surtout pas l'épouse adorée et les enfants de Monsieur Crachat. Même Dieu ferme les yeux quand ça l'arrange. Oh, le petit lapin a beaucoup appris dans ce putain de trou de l'enfer.

– Je ne peux même pas imaginer les horreurs que vous et les autres enfants avaient subies…

– Bavardages. Des putain de bavardages encore et encore ! Vous êtes un type correct, monsieur le Policier Bavard, vous n'auriez *jamais* imaginé une telle horreur. Comment pourriez-vous imaginer que votre bite et vos couilles soient bousillées au-delà de toute réparation, inutiles comme celles d'un eunuque, et que seul un changement de sexe pourrait vous sauver ? Si je *vous* coupais la bite et les couilles, peut-être pourriez-vous commencer à *imaginer* ? »

Jack ne put réprimer une grimace.

« Comment pouvez-vous commencer à imaginer ce que c'est d'être violé à volonté par un membre éminent et respecté de la communauté, jour après jour, en pensant que tout est de votre faute, que vous avez dû commettre une chose terrible dans une vie antérieure et que c'est pour ça que Dieu vous punit ? Non, vous ne pourrez jamais l'*imaginer*. »

Des lapins gémissaient dans l'obscurité. Le vieux congélateur bourdonnait comme s'il allait rendre l'âme. Il semblait gémir lui aussi.

« Vous avez raison à cent pour cent, dit Jack. J'espère que le coupable a été arrêté et livré à la justice. Je pense que les gens comme lui devraient être mis à l'ombre très longtemps pour qu'ils ne fassent jamais plus de mal. Je le pense vraiment. »

Pendant qu'il parlait, le regard de Judith se perdait quelque part derrière lui, comme si elle suivait un film projeté sur le mur d'en face.

« Justice ? Ce genre de bête n'existe pas, monsieur Je-Le-Pense-Vraiment.

– Il existe d'autres moyens, Judith. Les autorités compétentes...

– Tiens, maintenant c'est Judith, Monsieur Calvert, ricana-t-elle. Vous essayez de me faire le coup du syndrome de Stockholm ? Ne perdez pas votre temps. Connaissez-vous l'œuvre d'Artemisia Gentileschi, le viol qu'elle a subi ?

– Oui.

– Alors vous savez aussi ce qui lui est arrivé quand

elle a porté plainte auprès des *autorités compétentes* ? siffla Judith. Le soi-disant procès ne fut pour elle qu'une cuisante humiliation publique. Elle dut subir des examens vaginaux, on lui mit les poucettes pour établir la véracité de ses preuves. Elle fut accusée d'avoir été lascive devant Tassi. Mais, même cette cour, pourtant dominée par des mâles, ne put faire autrement, devant la montagne de preuves produites, que de déclarer Tassi coupable. On lui donna à choisir entre cinq ans de travaux forcés et l'exil. Il choisit l'exil, mais on le revit à Rome quelques mois plus tard. C'est ça, la justice ?

— Non, bien sûr que non.

— Les héroïnes des tableaux d'Artemisia sont des femmes puissantes qui se vengent de la malfaisance des hommes. Vous vous souvenez du traitement réservé par Judith au général assyrien Holopherne après l'avoir séduit dans sa tente ? »

Jack sentit ses tripes se liquéfier en filets d'acide pur. Il avait l'impression que des bubons brûlants lui fleurissaient sur la nuque. Il aurait voulu y planter ses ongles et les gratter jusqu'au sang.

« Oui. Je connais l'histoire.

— Quand j'ai *volontairement* rencontré Monsieur Crachat dans un bar du centre-ville, il ne m'a pas reconnue, fit Judith avec un rictus amer. Je portais mon nouveau corps, celui que, plus que quiconque, il avait contribué à faire naître. Sa femme l'avait quitté, *salement*, et il n'était plus qu'un vieux pervers solitaire. Vous savez quoi ? Il conservait toutes les photos de moi et des autres malheureux dans des boîtes à chaussures, exactement comme les prisonniers que nous étions. il y a tant d'années. »

La sueur et la morve baignaient les lèvres de Judith sans qu'elle se soucie de les essuyer.

Soudain Jack fut incapable de supporter les bruits de l'appentis. Sentant l'odeur du sang de leurs camarades, les lapins gémissaient de plus en plus fort. On aurait dit des millions d'enfants enfermés dans l'orphelinat qui hurlaient au secours. Un secours qui ne viendrait jamais. Le congélateur lui-même avait haussé le ton et son bourdonnement résonnait dans les dents de Jack comme la roulette du dentiste.

« J'ai ramené Monsieur Crachat chez moi et je l'ai fait se déshabiller en lui promettant toutes sortes de perversions sexuelles. Il m'a confié qu'il ne pouvait plus faire l'amour normalement, mais je l'ai rassuré. Après cette nuit, il n'aurait plus jamais à s'en soucier. »

Elle respirait lourdement, comme si elle se livrait à quelque forme bizarre d'exorcisme.

« Je me suis penché sur le lit pour caresser sa bite jusqu'à ce qu'elle soit aussi dure que la barre d'acier que je tenais dans l'autre main. Son cul a un peu résisté et j'ai dû me servir de mes doigts, juste au début, pour faire démarrer ce merveilleux voyage. Ça l'a fait. Entre vous et moi, je crois qu'il a apprécié ce petit hors-d'œuvre. Il ne pouvait pas se douter qu'il aurait bientôt autre chose qu'un petit doigt planté quelque part. J'ai même été assez généreuse pour cracher avant de le pilonner avec la barre d'acier et de contempler son échine se raidir de douleur. J'aurais dû prévoir un appareil photo, au nom du bon vieux temps, pour la postérité, pour immortaliser l'instant où le froid du coupe-choux s'est posé sur ses couilles. Ensuite je lui ai chuchoté à l'oreille que sa peau scintillait comme celle d'une star. Je n'oublierai jamais l'expression de son visage ni le bruit qu'il a fait en voyant ses couilles tomber sur le sol et en pigeant, trop tard, que notre rencontre n'était pas le fruit du hasard, mais bien le résultat inévitable d'une soif de vengeance. »

L'arme de Jack n'était pas loin, à deux pas à peine, invisible au milieu des carcasses sanglantes des lapins. Il maîtrisa sa respiration et une sensation de calme commença à l'envahir.

Continue de la fixer, mais pense à ton flingue ; garde-le fermement à l'esprit. Tire d'abord sur Jeremiah. Tente ta chance contre le rasoir, pas contre le fusil.

Judith se leva et s'étira langoureusement, comme une chatte repue. Étrangement, son corps nu tout poisseux de sang miroitait comme un galet délicatement poli.

Elle se dirigea vers le congélateur, l'ouvrit, et, tel un vampire au lever du soleil, fut un moment aveuglée par sa lumière pâle et sinistre.

« J'ai été surprise par la facilité avec laquelle son paquet a cédé sous la lame. Un peu déçue, en fait. Je croyais que cela offrirait plus de résistance, même si l'apprenti du salon m'avait précisé que la lame d'un rasoir est presque aussi tranchante qu'un scalpel. »

Elle haussa les épaules avant de plonger dans le congélateur.

« Heureusement que ceci a été plus difficile... »

Jack fut soufflé quand la chose le frappa comme un coup dans les couilles. Seul l'orgueil l'empêcha de brailler de douleur.

La tête de Monsieur Crachat reposait entre ses jambes, tel un œuf dans son nid. Avec un temps de retard, son corps réagit avant sa tête et il écarta de lui l'horrible chose en shootant dedans sauvagement.

« Saloperie de fumier ! » cria-t-il, bouillant de rage et d'impuissance, en se détestant de laisser voir sa frayeur.

« Bien sûr que c'est une saloperie de fumier, grimaça Judith. Voyez comme ce bon vieux Crachat vous a foncé directement sur la bite après toutes ces années de congélateur. Je vous avais dit que c'était un tordu, non ? »

Épuisé par toutes ces émotions, Jack commençait à fatiguer, mentalement et physiquement. Il se demandait si la voix de Judith n'était pas en train de s'adoucir, si une sorte de complicité et de sympathie n'était pas en train de naître entre eux, si elle ne se rendait pas enfin compte que la seule chose qu'il désirait était de savoir son fils sain et sauf. D'un autre côté, la partie la plus laide mais la plus honnête de son esprit, la partie la plus réaliste, celle que personne n'aimerait connaître, cette petite voix se riait de lui et lui disait que, s'il voulait vivre, il avait intérêt à bouger vite... Mieux valait mourir en tentant quelque chose que finir massacré comme un de ces malheureux lapins. Il n'avait pas fait tout ce chemin pour se faire trancher la tête, histoire de contempler pour l'éternité l'intérieur d'un congélateur.

« Peut-être qu'Albert Miles avait mérité son sort, mais la petite McTiers, Nancy, quel mal avait-elle fait ? Pourquoi a-t-elle été tuée ? demanda-t-il en contrôlant soigneusement sa voix.

– Nancy était une magnifique et délicieuse petite bonne femme, mais, comme toutes les petites filles, elle était assoiffée de sang. Elle adorait me voir égorger les lapins. À ma grande surprise, j'ai découvert que je l'aimais bien, mais il me fallait rester concentré. Je savais qu'elle finirait par être punie des péchés de ses frères et sœurs.

– Mais... pourquoi ? Qu'avait-elle fait pour mériter une mort aussi terrible ?

– Elle ? Rien. C'est son grand-père, le *bon* docteur John McTiers. Ça ne lui aurait pas fait grand-chose, que je le tue. Je devais l'atteindre d'une manière beaucoup plus dure, dit Judith, en transe. McTiers était le médecin de l'orphelinat. Il a vu ce qui se passait, les viols et les raclées, mais il n'a rien fait. Il se régalait, lui aussi, en compagnie d'autres citoyens respectables de la ville, des spectacles privés du samedi soir.

— Les spectacles privés ? demanda Jack, posant ainsi une question qui répondait à de vieilles conjectures.

— Je ne peux pas m'empêcher de penser que vous saviez déjà, Monsieur Calvert, mais je vais quand même vous rafraîchir la mémoire. Crachat s'est fait une petite fortune avec des spectacles nocturnes au cours desquels enfants se faisaient violer. Ils étaient tous là, les piliers de la communauté, les dépravés, les méchants et les moches : Dickey Toner, John McTiers et pas mal d'autres. Il y avait aussi un flic, bien qu'il ne participait pas beaucoup. Il s'intéressait plus à la caisse.

— Un flic ? dit Jack, submergé par un flot d'adrénaline. Qui... Comment s'appelait-il ?

— Il restait impassible, se contentant de recueillir les paiements des voyeurs. Seule l'odeur de son cigare laissait des traces dans l'air, comme des empreintes digitales.

— Vous êtes sûre que c'était un flic ? Avez-vous entendu sa voix où quoi que ce soit qui puisse l'identifier ?

— Juste son odeur et sa silhouette, mais j'ai le sentiment que je vais le rencontrer un jour prochain. Il était plutôt malin, il faisait la plupart de son business avec le propriétaire de l'orphelinat, Peter Bryant.

— Bryant... ?

— Je savais bien que ça vous intéresserait, sourit Judith. Le père de votre pute de copine possédait tout le Graham Building et ses environs. Le salaud est mort d'un cancer, il y a quelques années, m'interdisant du même coup de prélever ma livre de chair ou d'obtenir toute information pour identifier son flic de copain. Heureusement, sa fille pouvait payer.

– C'était vous au téléphone, n'est-ce pas ? »

Judith ignora la question.

« Tout... Tout ce que je demande, Judith, dit Jack en passant la langue sur ses lèvres sèches, c'est que vous me disiez ce qui est arrivé à mon fils. Vous êtes la seule à pouvoir comprendre ce que je suis en train d'endurer. Je suis un homme fier, mais je vous supplie de me dire quelque chose, n'importe quoi. S'il vous plaît. Je peux vous aider.

– *M'aider* ? Où était-elle, cette aide quand j'en... quand nous en avions besoin ? Le seul qui ait jamais essayé de m'aider était un garçon du nom de Michael Wainwright, prisonnier du même trou que moi. Michael avait juré de me protéger, quoiqu'il arrive. Une nuit, il a sauté sur Monsieur Crachat, après qu'il m'ait violé... Crachat l'a tué et l'a enterré dans le sol de l'orphelinat. Il m'a bien fait comprendre que j'irais le rejoindre au fond de son trou si je m'avisais de lui résister encore. »

Le cœur de Jack fit un looping. Il se demanda si Judith avait entendu le bruit en provenance, il n'en avait aucun doute, d'un hélicoptère en train de se poser.

« Mais Crachat avait tort, continua Judith. Il n'avait pas tué Michael. Michael était trop fort pour lui. Il a feint d'être mort et s'est échappé. Je le sais tout au fond de mon cœur, comme je sais qu'il me reviendra un jour, m'aimera pour l'éternité et me protégera toujours. »

Le jour baissait derrière Judith et son ombre tombait sur Jack, mais, même dans l'ombre, il pouvait voir qu'elle était en train de l'évaluer de ses yeux bleus délavés. Qu'elle prenait une décision.

N'entendant plus l'hélico, Jack se demanda s'il n'avait pas rêvé.

Judith se leva et s'assura de l'arme de Jack. « Je n'ai rien contre vous personnellement, Jack. Mais vous devez comprendre que je ne peux pas vous laisser interférer avec la justice. Je ne peux pas vous permettre de faire du mal à ceux que j'aime. S'il vous plaît, permettez-moi de vous présenter Michael, mon héros…

Jack tourna lentement la tête dans la direction demandée. Il voulut parler, mais fut incapable de prononcer le moindre mot.

Les yeux d'Adrian avaient l'air aussi vides et béants qu'une fenêtre forcée. C'est à peine si on pouvait reconnaître le jeune garçon qui s'était enfui dans la tempête. Il brandissait un fusil de chasse à quelques centimètres du visage de Jack.

Bouleversé par l'état de son fils, Jack sentit le canon de son propre revolver tout contre sa nuque et le poids du percuteur frappant la chambre quand Judith pressa la détente.

À ce moment précis, tout son environnement paru se soulever d'une façon irréelle. Il entendit des paroles, puis il y eut un trou, un temps de latence entre l'instant où il perçut ces paroles et celui où il les comprit.

43

> *La Mort ne surprend point le sage ;*
> *Il est toujours prêt à partir*
>
> Jean de La Fontaine,
> *La Mort et le Mourant*

En un éclair, Benson avait fait feu au moment précis où Judith percutait la première chambre du revolver de Jack. Il ne lui demanda pas de lâcher son arme. Il ne lui demanda pas de se rendre, il ne lui laissa pas une seconde chance d'appuyer sur la détente.

La décharge du fusil atteignit Benson et l'envoya violemment valdinguer contre la porte de l'appentis, bouleversé que son filleul ait pu lui faire une chose pareille.

« Lâche ça ! » hurla Johnson en roulant sur le sol, son arme dirigée vers la tête d'Adrian.

Sous la double action de l'adrénaline et de l'instinct, Jack bondit et plaqua Adrian au sol en lui arrachant le fusil des mains.

« Tu l'as tuée ! » ne cessait de hurler Adrian en cognant Jack des poings et des pieds.

En une seconde, Johnson fut sur lui, l'arme pointée.

« Non, hurla Jack. C'est mon fils... Ne tire pas... S'il te plaît, ne tire pas !

– Johnson... Fais ce que te dit Jack... mon garçon. C'est fini », grogna Benson.

Pendant que Johnson passait les menottes à Adrian, Jack s'agenouilla près de Benson et déchira sa chemise dans l'espoir d'arrêter l'impressionnant flot de sang. Le torse épais de l'énorme flic avait pris la quasi-totalité de la décharge.

« Doucement Harry, murmura Jack en tentant désespérément d'étancher le flot.

– C'est... c'est pas sa faute, Jack... Adrian... » balbutia Benson.

Une bulle de sang sortit de sa bouche.

« J'aurais dû savoir... On ne joue pas la charge de la cavalerie à mon âge. Faut toujours suivre... ce putain de manuel.

– Doucement, Harry, doucement. Ne parle pas. Avec l'hélico, tu seras à l'hosto en un rien de temps. »

Du bout des doigts, Benson essayait d'attraper quelque chose dans la poche de sa chemise.

« Voilà... Prends ça, dit-il en fourrant l'œil de verre de Grazier dans la main de Jack. Cet enfoiré de Grazier t'a sauvé la vie... Shaw a trouvé ça sur le corps. J'ai... j'ai pas compris ton truc sur Long John au téléphone... jusqu'à ce que Shaw me donne ce... ce putain d'œil de verre... Les corps... à Barton's Forest... c'étaient ceux de Grazier et d'Harris... égorgés...

– Ne parle pas, Harry. Ménage tes forces. T'en auras besoin pour toutes les parties de pêche qui nous attendent.

– Arrête de me faire... rire... ça me fait mal aux côtes, tenta de sourire Benson. Promets-moi que tu ne diras rien sur l'accident de Anne... Si tu ne promets pas... je reviendrai te tirer les pieds.

— Arrête de parler comme ça, vieil enfoiré. Tu ne vas pas me mourir dans les bras. Tu m'entends ? Je ne te permettrai pas de...

— Promets ! siffla Benson entre ses dents. Sinon, cet enculé de Wilson te fera sauter la retraite de Anne... Promets-le-moi...

— Je te le promets, Harry, je te le promets... »

Jack laissa le sang couler librement. Ce n'était plus la peine d'essayer de l'arrêter.

« Adrian ne voulait pas te tirer dessus, Harry. Tu le sais, n'est-ce pas ? Il est complètement dans les vapes. Harry ? Tu m'entends, Harry ? »

Les yeux révulsés, Benson ne répondit pas à son ex-partenaire, à son meilleur ami.

44

> *Personnellement, je n'ai rien contre les cimetières, je m'y promène assez volontiers, plus volontiers qu'ailleurs, je crois, quand je suis obligé de sortir.*
>
> Samuel Beckett, *Premier amour*

La pluie amollissait le sol du cimetière adjacent au Graham Building, rendant plus facile la tâche de la pelle mécanique. Pour un tel monstre de métal, elle déplaçait la terre avec une grande délicatesse.

Jack était presque hypnotisé par ses mouvements dont le bruit se mêlait à celui des gouttes sur son parapluie.

« Tu m'écoutes ? demanda Shaw.

– Quoi ? Désolé… Je pensais à autre chose.

– J'ai dit que Wilson n'aurait jamais autorisé cette exhumation. Trop de main-d'œuvre et d'argent gâchés… Sa démission imprévue a été une bénédiction, tu ne penses pas ? »

Jack perçut une pointe de curiosité dans la voix de Shaw. Tout le monde se posait des questions sur la soudaine vocation de Wilson pour la vie civile. Les rumeurs allaient bon train. Des trucs en rapport avec le Graham Building et des pots-de-vin envahissaient la ville comme une boîte d'asticots répandue dans les rues. Les noms de politiciens locaux avaient été murmurés. Un juge et un membre du clergé avaient déjà été interrogés par la police. Seul Jack Calvert connaissait le secret, pour l'instant. Mais les asticots ne tarderaient pas à se frayer un chemin chez les citoyens dits respectables, jusque dans la bouche de William Wilson et de ses copains.

La pelleteuse s'arrêta soudain sur l'ordre d'un des assistants de Shaw. Moins d'une minute après, une petite boîte très abîmée fut sortie du trou.

« Ils auraient pu donner une sépulture décente à ces gosses, murmura Shaw d'une voix étonnamment émue. Il y a trop de corps, Calvert. J'ai peur que nous ayons à déterrer plus que la mort dans ce malheureux bout de terrain.

– Quand tu vis quelque part, cet endroit devient une part de toi, Shaw, que tu le veuilles ou non. Nous sommes tous coupables de ce dont cette sépulture nous accuse. Tous et chacun de nous. »

Shaw détacha son regard de la pelleteuse.

« Ton absence aux obsèques de Benson a fait beaucoup de bruit. Mais, en entendant le dernier discours officiel de Wilson sur le courage de Benson, j'ai compris que tu aurais été incapable de te contrôler. Finalement, tu as fait le bon choix.

– Le bon choix, fit Jack avec un rire amer. Même s'il m'avait sauté à la gueule, le bon choix, je n'aurais pas été foutu de le reconnaître. Je ne suis pas meilleur que Wilson, Shaw. Ne te fais aucune illusion. »

La pluie tombait à seaux, comme si elle voulait débarrasser le ciel de sa croûte de crasse. Jack sentait le découragement l'envahir à mesure que l'eau trempait ses vêtements et lui glaçait les os.

« Comment va ton fils ? Il va te falloir beaucoup de temps et de patience, tu sais. Heureusement que les soutiens ne manquent pas, de nos jours. »

Jack haussa les épaules sans le vouloir. Il avait envie de rentrer chez lui, mais il avait besoin de parler à quelqu'un capable de lui fournir des réponses et des explications. Les murs ne sont pas de bons auditeurs, en dépit de ce que proclament les vieilles affiches de guerre.

« L'accusation de meurtre a été ramenée à homicide sans préméditation. J'attends de savoir si on le relâchera sur caution avant le procès. Tout ce que je peux faire, c'est espérer que les poursuites seront abandonnées. Ce n'est pas Adrian qui a tiré. C'étaient les drogues et le lavage de cerveau… Je ne sais pas… je ne sais pas s'il redeviendra jamais comme avant, après avoir été souillé par la connaissance du mal… Après ce qu'il a vu, ce qu'il a subi. Je me dis parfois que j'aurais dû murmurer une petite prière à Dieu, mais, s'il y a une chose que cette histoire m'a enseignée, c'est que Dieu n'existe pas. »

Shaw l'agnostique resta un moment silencieux, comme transpercé par sa propre conception de la mort tandis qu'il regardait la pelleteuse vomir toujours plus de terre et de révélations potentielles.

« Comment va Mademoiselle Bryant ? Heureusement, les journaux ont raconté qu'elle avait été mortellement blessée !

— Je n'aurais jamais cru être un jour reconnaissant à un journal, reconnut Jack. Sarah va avoir besoin d'une grosse opération du visage. Ils ne peuvent pas encore m'assurer qu'elle retrouvera l'usage de ses jambes. Le toubib dit qu'elle a eu de la *chance*. Le temps nous en fournira sa définition.

– J'ai fait un test de toxicologie sur les cadavres de Grazier et de Joseph Harris. Ils ont été empoisonnés tous les deux, mais de façon différente. L'estomac d'Harris a révélé des pilules de vitamines mélangées à du cyanure. Il avait consommé beaucoup d'alcool, probablement du whiskey, avant d'absorber le poison. Les deux ont eu la gorge tranchée. Pas vraiment agréable, comme mort. »

Jack haussa les épaules avant d'aspirer une grosse goulée d'air sale. Il avait peur de poser la question à Shaw, mais il n'avait pas le choix.

« Crois-tu que… Penses-tu que les deux meurtres ont été commis par une seule personne ? La même personne ? Tu ne penses pas qu'Adrian puisse avoir quelque chose…

– Ce que je pense n'a aucune importance, dit Shaw en le prenant presque tendrement par l'épaule. Mes dossiers sont clos, Jack. Soucions-nous des vivants maintenant. Les morts peuvent bien s'occuper d'eux-mêmes.

– Harris n'avait rien à voir avec tout ça, dit Jack. On a trouvé son passeport et l'argent qu'il avait retiré dans le placard de Grazier. Il semblerait qu'ils l'aient piégé dans le but de se servir de lui pour brouiller leur piste. Pauvre vieux. Mêmes les magazines porno trouvés chez lui avaient été achetés avec la carte de crédit de Grazier. »

Un assistant leur fit signe. On avait besoin de Shaw dans la tente qui servait de quartier général de fortune.

« Je t'appelle s'il y a du nouveau, Calvert, dit Shaw. D'après ce qu'on en sait, obtenir des réponses à nos questions va prendre beaucoup de temps. En attendant, n'hésite pas à m'appeler si tu as besoin de quoi que ce soit.

— Il y a une chose que j'aimerais que tu fasses, fit Jack en sortant une photo de sa poche. Elle appartenait à Judith Grazier. Ce jeune garçon s'appelait Michael Wainwright. Il est par là, parmi les morts. J'aimerais que tu le trouves. Vraiment, j'y tiens beaucoup. J'ai besoin de lui donner une sépulture décente.

— Je ne suis pas censé le faire », répondit Shaw en prenant le cliché d'une main hésitante.

Avec un profond soupir, il contempla alternativement Jack et la photo.

« Je vais faire mon possible pour localiser le sujet... le corps du garçon.

— Malgré tout ce qu'elle a fait, je ne peux pas m'empêcher de la plaindre, et tous ces gosses avec elle. C'est le système qui a foiré, pas uniquement Judith, mais littéralement des centaines d'autres, et je ne crois pas que nous saurons jamais leur nombre exact. »

Trébuchant au milieu des petits monticules de boue, jurant comme il savait le faire, Shaw s'en alla.

Épuisé, Jack fit demi-tour et s'éloigna à travers le terrain détrempé. Au-dessus de lui, on entendait le bruit des oiseaux, des corbeaux, croassant à l'infini. Partout, on n'entendait que leurs cris.

ÉGALEMENT CHEZ POINTS POLICIER

Fakirs
Antonin Varenne

Alan Mustgrave exerçait le métier de fakir. Américain, ancien Marine, homosexuel et héroïnomane, il est mort sur scène, à Paris, dans d'étranges circonstances. Son meilleur ami John cherche des réponses, mais ne fait que soulever davantage de questions. Accident, suicide, assassinat ? Le commissaire Guérin, paria du 36 Quai des Orfèvres relégué au service des Suicides, n'est pas au bout de ses peines.

Prix du Meilleur Polar des lecteurs de Points 2010

« *Antonin Varenne, nouveau pape du roman policier.* »

Le Point

ÉGALEMENT CHEZ POINTS POLICIER

13 heures
Deon Meyer

5 h 36 : au Cap, une Américaine gravit Lion's Head, paniquée. 5 h 37 : on appelle Benny Griessel et les inspecteurs sous sa tutelle – une fille a été égorgée. 7 h 02 : Alexa Barnard se réveille, encore saoule, à côté du cadavre de son mari. Passé 12 h 57 : ça tourne mal pour Griessel et ses hommes. Et à 18 h 37, les affaires sont classées. Treize heures ordinaires pour ces inspecteurs des homicides.

« Un régal. »

L'Express

ÉGALEMENT CHEZ POINTS POLICIER

La Griffe du chien
Don Winslow

Art Keller, le « seigneur de la frontière », est en guerre contre les narcotrafiquants qui gangrènent le Mexique. Adán et Raúl Barrera, les « seigneurs des cieux », règnent sans partage sur les *sicarios*, des tueurs armés recrutés dans les quartiers les plus démunis. Contre une poignée de dollars et un shoot d'héroïne, ils assassinent policiers, députés et archevêques. La guerre est sans pitié.

« *Le plus grand roman sur la drogue jamais écrit. Une vision grandiose de l'Enfer et de toutes les folies qui le débordent.* »

James Ellroy

ÉGALEMENT CHEZ POINTS POLICIER

De soie et de sang
Qiu Xiaolong

Impossible d'étouffer l'affaire : la deuxième victime a été trouvée ce matin, en plein centre-ville. Même mise en scène que pour la première : robe de soie rouge, pieds nus, jupe relevée, pas de sous-vêtement. Le tueur signe son œuvre avec audace et la presse s'en régale. C'est ce qui inquiète l'inspecteur Chen : pour s'exposer si dangereusement, le coupable doit avoir un plan diabolique...

« *Aussi désopilant qu'intelligent,* De soie et de sang *dresse un portrait sans concession de la Chine contemporaine. Passionnant.* »

Marianne

ÉGALEMENT CHEZ POINTS POLICIER

Les brumes du passé
Leonardo Padura

Mario Conde, ancien policier reconverti dans la vente de livres rares, trouve un vieil article sur la « Dame de la Nuit », célèbre chanteuse disparue cinquante ans plus tôt. Qui était cette femme au visage étrangement familier ? À l'heure où son pays connaît la famine, l'enquête de Mario fait resurgir l'époque glorieuse où La Havane éclipsait New York et Paris, où Cuba régnait sur le monde de la nuit...

Prix Brigada 21 du meilleur roman noir

« *On se croirait dans un roman noir à la James Ellroy...* »

Le Point

ÉGALEMENT CHEZ POINTS POLICIER

Passage du Désir
Dominique Sylvain

Lola Jost, ex-commissaire en retraite anticipée, et Ingrid Diesel, masseuse américaine au passé mouvementé, sont voisines. Rien ne les rapproche, si ce n'est un crime sordide commis dans leur quartier. Pour retrouver le coupable, ce tandem haut en couleurs, improbable et truculent, investit les milieux de la prostitution, ceux du cinéma gore, et l'univers retors d'un tueur obsessionnel.

Grand Prix des lectrices de ELLE 2005

« *Ce roman exerce sur le lecteur un charme irrésistible.* »

Télérama

ÉGALEMENT CHEZ POINTS POLICIER

La Femme en vert
Arnaldur Indridason

Dans un jardin sur les hauteurs de Reykjavik, un bébé mâchouille un objet étrange... Un os humain ! Enterré sur cette colline depuis un demi-siècle, le squelette mystérieux livre peu d'indices au commissaire Erlendur. L'enquête remonte jusqu'à la famille qui vivait là pendant la Seconde Guerre mondiale, mettant au jour les traces effacées par la neige, les cris étouffés sous la glace d'une Islande sombre et fantomatique...

Grand Prix des lectrices de ELLE 2007

« Explorateur des angles morts de l'humanité, Arnaldur Indridason toque doucement à la porte de nos consciences. La douleur est cuisante. »
Le Magazine littéraire

ÉGALEMENT CHEZ POINTS POLICIER

Hiver
Mons Kallentoft

« Cette journée n'est pas faite pour les vivants », pense Malin Fors au cœur de l'hiver le plus froid qu'ait connu Östergötland, en Suède. Le cadavre nu et gelé, retrouvé pendu à un arbre, semble donner raison à l'enquêtrice. La victime aurait jadis blessé son père avec une hache... Malin s'interroge : ce meurtre est-il l'assouvissement d'une vieille haine ? Ou un sacrifice pour le solstice d'hiver ?

« La quintessence du polar. »
Gérard Collard, France 5

ÉGALEMENT CHEZ POINTS POLICIER

La Cinquième Femme
Henning Mankell

Des meurtres à donner froid dans le dos se succèdent : un homme est retrouvé empalé dans un fossé, un autre ligoté à un arbre et étranglé, un troisième noyé au fond d'un lac. Et si le crime était la vengeance d'une victime contre ses bourreaux ? Dans ce cas, Wallander doit se hâter pour empêcher un autre meurtre tout aussi barbare.

« *La Cinquième Femme passionne par la subtilité de son intrigue et de ses personnages, bouleverse par son humanité, dérange par la profondeur de son regard. Du très grand art.* »

Télérama

ÉGALEMENT CHEZ POINTS POLICIER

Nécropolis
Herbert Lieberman

New York, la «cité des morts», regorge de crimes atroces et de fous dangereux. Paul Konig, médecin légiste, règne sur une morgue où défilent cadavres, enquêteurs et familles en deuil. Autopsiant, disséquant, analysant chaque indice sur les macabres dépouilles qui lui sont confiées, il observe la terreur qui baigne la ville... Une ville dans laquelle sa fille, Lolly, a mystérieusement disparu depuis quelques mois.
Herbert Lieberman atteint le sommet du roman noir – âmes sensibles s'abstenir.

Grand Prix de littérature policière

« Le style pur, dense, tendu, envoûtant d'un grand écrivain... »
Télérama

RÉALISATION : NORD COMPO À VILLENEUVE-D'ASCQ
IMPRESSION : CPI BRODARD ET TAUPIN À LA FLÈCHE
DÉPÔT LÉGAL : MARS 2013. N° 108914. (71957)
IMPRIMÉ EN FRANCE